COLLE

Louis-Ferdinand Céline

Casse-pipe

suivi du

Carnet
du cuirassier Destouches

Gallimard

Louis-Ferdinand Destouches est né à Courbevoie le 27 mai 1894, de Fernand Destouches, employé d'assurances originaire du Havre, et de Marguerite Guillou, commerçante. Son grand-père, Auguste Destouches, avait été professeur agrégé au lycée du Havre.

Son enfance se passe à Paris, passage Choiseul. Il fréquente les écoles communales du square Louvois et de la rue d'Argenteuil, ainsi que l'école Saint-Joseph des Tuileries. Nanti de son certificat d'études, il effectue des séjours en Allemagne et en Angleterre, avant d'entreprendre son apprentissage chez plusieurs bijoutiers à Paris et à Nice. Il s'engage en 1912 au 12e régiment de cuirassiers en garnison à Rambouillet. Une blessure dans les Flandres, en 1914, lui vaut la médaille militaire et une invalidité à 70 %.

Après un séjour à Londres, il est engagé comme agent commercial dans l'ancienne colonie allemande du Cameroun en 1916.

Atteint de paludisme, il rentre en France en 1917, passe son baccalauréat en 1919, puis fait ses études de médecine à Rennes et à Paris et soutient sa thèse en 1924.

De 1924 à 1928 il travaille à la Société des Nations, qui l'envoie aux États-Unis et en Afrique de l'Ouest.

À partir de 1927, il est médecin dans un dispensaire à Clichy. En 1932, il publie *Voyage au bout de la nuit* sous le pseudonyme de Céline et reçoit le prix Théophraste-Renaudot.

En 1936 paraît son deuxième roman, *Mort à crédit*. Après un voyage en U.R.S.S. il publie *Mea culpa*, puis en 1937 et 1938 *Bagatelles pour un massacre* et *L'École des cadavres*. La déclaration de guerre le trouve établi à Saint-Germain-en-Laye. Il part comme médecin à bord du *Chella*, qui fait le service entre Marseille et Casablanca. Le *Chella* heurte un patrouilleur anglais, qui coule devant Gibraltar. Céline regagne Paris et remplace le médecin de Sartrouville alors mobilisé.

Après l'exode de 1940 pendant lequel il a en charge une ambulance et des malades, il regagne Paris et s'occupe du dispensaire de Bezons. Il publie en 1941 *Les Beaux Draps* et en 1944 *Guignol's Band*.

De 1944 à 1951, Céline, exilé, vit en Allemagne et au Danemark, où il est emprisonné à la fin de la guerre. Revenu en France, il s'installe à Meudon, où il poursuit son œuvre *(Féerie pour une autre fois, D'un château l'autre, Nord, Rigodon)*. Il meurt le 1er juillet 1961.

Casse-pipe suivi du Carnet du cuirassier Destouches *est un document sur la vie militaire. « Livre capital, écrivait Roger Nimier, puisqu'il paraît autobiographique. Il s'agit d'un engagé volontaire au 17e régiment de cavalerie lourde, qui arrive dans la nuit et tombe sur une patrouille de l'armée. On n'oublie pas ce peloton, qui court dans l'ombre et se cache pour finir dans une écurie, qui est évidemment celle d'Augias. Les Grecs, toujours les Grecs !*

« Le langage saccadé d'un sous-officier furieux qui joue la comédie de la fureur, Céline le reproduit merveilleusement. Jamais il n'a été plus loin dans l'art des jurons, jamais il n'a eu plus de bonheur dans l'excès, car l'excès, en matière de cavalerie et de jurons, c'est la bonne moyenne.

« Ces invocations font la poésie. La caserne du 17e Cuirassiers est une création comparable à certaines apparitions, au milieu des flots, chez Homère. Elle n'est pas décrite, elle apparaît, elle se dégage lentement de la nuit, elle se révèle à travers la conversation des hommes, humanité pâteuse aux noms bre-

tons, aux grosses moustaches, dont les sabres résonnent contre les pavés : les Bretons sont petits et les sabres sont grands.

« Dans ce vacarme, notre engagé volontaire garde la bonne volonté qui était celle de Bardamu, au temps de ses premiers voyages. »

C'était le brigadier Le Meheu qui tenait le fond du corps de garde, les coudes sur la table, contre l'abat-jour. Il ronflait. Je lui voyais de loin les petites moustaches aux reflets de la veilleuse. Son casque lui cachait les yeux. Le poids lui faisait crouler la tête... Il relevait encore... Il se défendait du roupillon... L'heure venait juste de sonner...

J'avais attendu devant la grille longtemps. Une grille qui faisait réfléchir, une de ces fontes vraiment géantes, une treille terrible de lances dressées comme ça en plein noir.

L'ordre de route je l'avais dans la main... L'heure était dessus, écrite.

Le factionnaire de la guérite il avait poussé lui-même le portillon avec sa crosse. Il avait prévenu l'intérieur :

« Brigadier ! C'est l'engagé !

— Qu'il entre ce con-là ! »

Ils étaient bien une vingtaine vautrés dans

11

la paille du bat-flanc. Ils se sont secoués, ils ont grogné. Le factionnaire il émergeait juste à peine, le bout des oreilles de son engonçage de manteaux... ébouriffé de pèlerines comme un nuageux artichaut... et puis jusqu'aux pavés encore plein de volants... une crinoline de godets. J'ai bien remarqué les pavés plus gros que des têtes... presque à marcher entre...

On est entrés dans la tanière. Ça cognait à défaillir les hommes de la garde. Ça vous fonçait comme odeur dans le fond des narines à vous renverser les esprits. Ça vous faisait flairer tout de travers tellement c'était fort et âcre... La viande, la pisse et la chique et la vesse que ça cognait, à toute violence, et puis le café triste refroidi et puis un goût de crottin et puis encore quelque chose de fade comme du rat crevé plein les coins. Ça vous tournait sur les poumons à pas terminer son souffle. Mais l'autre accroupi à la lampe il m'a pas laissé réfléchir :

« Dis donc l'enflure, tu veux mes pompes pour te faire bouger ?... Passe-moi ton nom !... ta nature !... Tu veux pas t'inscrire tout seul ?... Veux-tu que je t'envoye une berouette ?... »

Je voulais bien me rapprocher de la table mais y avait tous les pieds des autres en travers du chemin... toutes les bottes éperonnées... fumantes... de tous les vautrés dans la paille... Ils ronflaient tout empaquetés dans le roupillon… Roulés dans leurs nippes. Ça faisait un rempart compact. J'ai enjambé tout le paquet. Le brigadier il me faisait honte.

« Visez-moi ça l'empoté ! Une demoiselle ! Jamais vu un civil si gourde ! Merde ! On nous l'a fadé spécial ! Arrive, bijou ! »

Comme j'ai buté dans un sabre toute la portée de viande a râlé… Ça fit des hoquets de ronflements. J'avais dérangé tout le sommeil. « Vos gueules, brutes ! » qu'a hurlé le cabot.

Ils se sont soulevés les gisants, un par un, pour voir ma poire, mon demi-saison, celui de l'oncle Édouard par le fait… Ils avaient tous eux des tronches rouges, cramoisies, sauf un qu'était plutôt verdâtre. Ils bâillaient tous des fours énormes. À la lumière, par les grimaces, ils montraient toutes leurs dents gâtées, brèches, travioles. Des pas belles dentures de vieux chevaux. Des faces carrées. Ils ricanaient ces affreux de me voir comme ça devant le brigadier, un peu perdu, forcément.

Ils se parlaient râpeux ensemble, ils se faisaient des réflexions. Comprenais pas ce qu'ils me demandaient… des meuglements. Le brigadier il avait du mal à ouvrir ma feuille… Elle lui collait entre les doigts… puis à lire mon nom. Fallait qu'il recopie sur un registre… Tout ça c'était très ardu… Il s'appliquait scrupuleusement.

Juste au-dessus de lui sur l'étagère, toute une ribambelle de casques, plumets tout rouges, gonflés, crinières énormes à la traîne, faisaient un effet magnifique.

Le brigadier toute langue dehors il est tout de même parvenu à copier mon nom.

« Planton ! hop ! sautez choléra ! que ça fume ! et hop ! Que le Parisien est arrivé ! Au margis tout de suite. L'engagé ! Compris ? »

Le planton il est sorti de sa couche, du fond de la paille, il a rampé dans la litière. Il était tout empêtré dans les autres ronfleurs, il avait pas envie de bondir. Non. Il s'est retrouvé à la fin mais il vacillait sur ses bases. Il se trifouillait la mite des yeux. Il a cherché son ceinturon. Il perdait son sabre. Il arrivait à rien boucler... Il a tout de même atteint la porte... Il a démarré dans la nuit, tout voûté, comme bossu de fatigue... Dans le corps de garde, ça n'allait plus, j'avais dérangé les sommeils... J'avais réveillé tout le troupeau...

Et puis voilà juste à l'instant que s'amène tout un renfort... *Vlang !* La porte qui rebondit dans le mur... Ils devaient bien être une dizaine... Ils rentraient de ronde... Ils devaient arriver de très loin... et à vive allure à la façon qu'ils soufflaient.

« Ça va à la poudrière ? le brigadier leur a demandé... Et aux écuries du Troisième ? »

Ils ont répondu des choses que j'ai pas comprises... toujours par des grognassements...

Ils ont arrimé leurs mousquets dans une crédence après le mur... Dans le petit espace entre la table et la porte, avec les nouveaux arrivants, on se trouvait maintenant si coincés qu'on pouvait plus bouger du tout. Y avait de quoi étouffer tout le monde dans la compression des pèlerines, à plus pouvoir remuer un doigt, des ricanants ours mouillés.

Ils ont lampé un coup quand même, « comme ça », debout, deux litres à la régalade et puis un bidon.

Ils se parlaient d'avatars, de chevaux, qu'étaient échappés de l'écurie. C'était le grand tintouin, semblait-il.

« Merde ! faut que je pisse ! » qu'il a gueulé celui devant moi. Je le voyais pas bien dans ses frusques, dans ses épaisseurs. Il était trop dissimulé entre ses volants, dans la compression, entre son casque et le fond de l'ombre.

« Va chier hé poireau ! »

Ce fut là unanime. Il a voulu passer quand même. Il a poussé à force dans le tas. Il s'est filtré jusqu'à la porte. Alors un terrible ramponneau l'a soulevé, envoyé au diable... Il a rebondi sur les pavés... avec sa quincaille, son sabre, son armure. Il a fait un terrible boucan.

15

« C'est l'engagé celui-là ? » Une voix bien pointue qui posait comme ça la question d'en haut d'un étage.

« Fixe ! » qu'il braille alors Le Meheu.

Je lui ai aperçu la figure, au questionneur… un képi… une trace d'argent… Il sortait de l'ombre, un sous-off, d'un escalier le long du mur. Il descendait marche à marche, pas pressé. Ceux qu'étaient debout restaient transis, figés en bloc, au garde-à-vous. Y en avait encore dans la paille, ronflant affalés, leurs pieds dépassaient le bat-flanc. Il est rentré dedans à coups de bottes, à droite, à gauche. *Bang ! Vlang !…* ils étaient en travers du chemin. Il voulait me regarder de plus près.

En pleine face maintenant qu'il me hurle : « Fixe ! Fixe ! »

Il me rote dans le nez pour finir. « Là ! » qu'il fait… Il est content. Je bouge pas.

« Maréchal des logis Rancotte ! » Il s'annonce. Je remue toujours pas. Les autres, tout autour, ils se marrent.

« Meheu c'est un bordel votre poste ! Le désordre et l'anarchie ! » Et tout de suite une rafale d'injures, de menaces, avec forts rotements. Je pouvais pas lui voir bien les yeux à ce Rancotte à cause de la lampe fumeuse, un tison, et puis surtout de son képi, en avant, en éventail, une viscope extravagante.

Il s'est retourné pour prendre ma feuille… Il a lu mon nom… Ça l'a fait grogner aussi : « Munnh ! Mmrah !… » Comme ça. Il a reboutonné sa tunique. Il devait être à pioncer là-haut dans une autre cagna… Il se dandinait un peu en mirant ma feuille de biais en travers, comme si je la lui donnais falsifiée. Il grognait toujours…

Sûrement que c'était une tête de lard, j'en avais déjà vu beaucoup moi des figures rébarbatives, mais celui-là il était fadé comme impression de la pire vacherie. Ses joues étaient comme injectées de petites veines en vermicelles, absolument cramoisies, des pommettes à éclater. Ses petites moustaches toutes luisantes, pointues et collées des bouts… Il se mâchonnait un mégot dans le coin de la lèvre… Je l'énervais évidemment… Il allait me dire quelque chose… Il soufflait fort de tout son nez comme un chien. Quand une question lui a passé d'un seul coup… comme ça brutalement…

« Et la poudrière, Le Meheu ? Vous y pensez pas ? Non ? Des fois ? » Ça l'a fait sursauter aussi Meheu ce rappel. Il s'est jeté sur la lanterne, il a fait qu'un bond vers la porte…

« Oui, Maréchaogi ! Oui, Maréchaogi ! Voilà ! Voilà ! »

Il était dehors, il courait…

Le margis est revenu vers moi, il m'a reniflé d'encore plus près…

17

« Mais il pue cet ours ma parole ! »

C'était trouvé ! Il exultait !

« Mais il cogne abominable ! »

Ça m'étonnait comme réflexion, vu que ça tapait si infernal dans l'endroit où nous nous trouvions que c'était un terrible effort pour pas abandonner les choses et tout simplement défaillir. Y avait donc de la prétention.

« Mais il va me faire dégueuler ! » qu'il annonce alors à tue-tête. Il rappelle Meheu.

« Emmenez-moi cet ours dehors Brigadier tout de suite ! Je veux plus de ça ici ! De l'air ! de l'air ! nom de Dieu ! Il est pas possible ce sagouin ! je peux plus respirer ! Y a de quoi faire crever tout le poste ! En l'air ! en l'air ! allez oust ! Emmenez-moi tout ça Meheu ! Faites-moi-lui voir du quartier ! »

C'était évident ce Rancotte rien qu'à ma dégaine qu'il me prenait en antipathie…

« Fixe ! » qu'il me hurle avant de sortir. Je regarde les autres. Je fais de même. Je joins les deux pieds, les talons. Je redresse la tête.

« Ah ! Ça peut boucaner un ours ! Ah ! ça foisonne un civil ! Pardon ! » Il me considérait de plus loin.

« Au réveil quand ça sonnera vous le conduirez à l'habillement Brigadier ! Compris, n'est-ce pas ?… Il a pas l'air manche… non… non… non… C'est un petit rêve ! Ah, mais alors mordez le profil ! Il a plus de couleurs ma parole ! Il est déjà dans l'hôpital ! Qu'est-ce que ça va être mon oiseau quand on va vous faire envoler ! Ah ! pardon alors la voltige ! Ah ! le joli colibri ! Vous allez en voir du pays ! Attendez, ma superbe recrue. Que je vais vous remettre du rouge dans le tronc ! Que t'en baveras des chambrières ! »

Avec sa toute mince cravache il se tapotait les basanes. Il se promettait bien du plaisir. Il me soufflait toujours dans le nez.

« Pourquoi donc tu t'es engagé ? T'as jamais été cocher ? Tailleur des fois de ton état ? Voleur, mon petit homme ? Acrobate par hasard ? T'es pas palefrenier non plus ? Parfumeur au bout du compte ? Charbonnier alors ? Rémouleur ?

— Non, monsieur. »

Ils se désopilaient les autres de la façon que je me trouvais cul devant les questions. Ils s'en tortillaient dans leur paille, ils s'en convulsaient de rigolade.

« Alors qu'est-ce que tu viens foutre au 17e cavalerie lourde ? Hein ? Tu sais pas toi-même merveilleux ? Y a plus rien à manger chez toi ? Le four a chu ? »

Je voyais qu'il fallait rien répondre.

« Allez ! au commandement, oust ! Suivez la musique ! Décarre ! Perds pas le brigadier ! Et de la brouette hein Meheu ! De la brouette. Je veux plus le voir ici ! Tu m'entends ? quatre escadrons, quatre ! Et puis un cinquième pour ta gueule ! On les gâte ici les beaux mômes ! Tu sais combien ça fait de rondins dis quatre escadrons ta poire ? et puis encore un cinquième ? Tout ça pour la croque à Zonzon ! T'as pas fini mon dévorant d'en régaler des brouettes ! Pardon ! T'en reprendras tordu ! Trois ans ! Cinq ans ! T'auras jamais tout fini ! Comme ça de brioches pour ta clape ! Ah ! pardon ! Salut ! ma tronche tu vas jouir ! C'est de l'instruction ça mon Russe ! C'est de la théorie pratique du cavalier gras de la crotte ! Ah ! Fixe ! Pour combien que t'en as pris ? Tu me dis pas ? Pour combien t'en as signé ? Dis voir ? C'est écrit ?

— Trois ans.

— C'est pas assez tiens ma vache ! Sors ! Débine ! Je veux plus le voir ! Secouez-moi ça Le Meheu. Il empoisonne absolument. Quelle heure il est Brigadier ? Minuit 10 ? Minuit 12 ? »

Il sort son oignon, un morceau.

« Quel jour on est ? C'est pas le 22 ? Non, hein ? Le 23 ? Faudrait savoir mes empaffés ! Non ! On est le 24 que je vous annonce ! Ça vous surprend n'est-ce pas les taupes ? »

Il fait un écart, il saute vers la table, il rattrape le registre, il se penche avec Le Meheu sur la page où je suis inscrit.

« Vous savez plus le jour Brigadier ? Vous savez plus rien n'est-ce pas ? Vous êtes ignare et inutile Brigadier Meheu ! Vous serez content que ça danse, vos manches ! Qu'on vous les découse un petit peu !... »

Il lui montrait ses galons.

Il rote... il s'assoit... Il lui reprend la plume, lui arrache des doigts... Il refait le chiffre... le 4, lui-même... Il s'applique... Une tache !... Ils regardent tous les deux la tache... écarquillés juste dessus... Les hommes se penchent tous aussi en même temps.

« C'est pas beau ? qu'il admire Rancotte. Y a qu'à l'écraser. Ça va faire un vrai papillon... »

« Buah ! » Il lui monte un renvoi. L'attention.

Tout le monde se tait dans la carrée, sauf le pied qui bougonne, sacre... Sa viscope elle miroite si fort tout près dans la lampe, son gros galon d'argent surtout... que j'en suis ébloui... Les hommes tout autour ils reniflent... Ils sont là en tas comme des bêtes... Ils attendent l'orage... La plume s'arrête... Il réfléchit le sous-off... Il se tripote, il se malaxe, il se maltraite la bouche, il se lèche, il se mange un peu la moustache. Il est perplexe devant mon nom... Il s'y remet en calligraphie... Ils bougent encore la tête ensemble... tous... en même temps que la plume monte... descend... mon nom d'abord... le prénom de mon père...

21

« Malheur ! qu'il s'exclame... Fernand ?... Ferdinand ?... fils d'Auguste... né Auguste... mon canard ! Maréchal des logis Rancotte... fils de Rancotte, adjudant-trompette 12e dragons !... Ça te la coupe hein fayot !... Enfant de troupe. Oui ! parfaitement ! Enfant de la troupe ! C'est clair ! C'est net ! ça ? merde ! Auguste... assurances... employé... Voyez-vous ça ? l'Assurance ?... Qui c'est l'Assurance ? Connais pas l'Assurance moi ! Ah ! Hein ? Qu'est-ce que ça branle l'Assurance ? Vous êtes prétentieux mon ami ! Prétentieux ! Audacieux ! Oui ! Hein ? Moi Rancotte ! Vous avez compris ? Fixe ! Repos ! Garde à vous ! Talons joints ! Talons joints ! La tête dégagée des épaules ! Là ! Fixe ! »

Je savais déjà pour les talons... J'avais regardé... J'avais saisi... Il faut que ça claque.

Il a avalé sa fumée... Il a glavioté un grand jet et puis un autre sur le poêle pas allumé. Ça a fait tout de suite des bouquets... des craches à dégouliner. Il s'est passé après le revers comme ça sur la bouche... Une idée qui lui montait tout soudain.

« Et mon tampon ? Et mon tampon ? Où qu'il est passé cette pelure ? Crouach ! » *Pfrutt ! Pflac !* un gluant qui s'écrabouille.

Deux cavaliers tout de suite bondissent hors de la canfouine... Ils dropent dare-dare... on les entend... qui résonnent avec leurs sabres très loin là-bas dans les pavés... Ils reviennent bredouilles... Ils ont rien vu... Pagaye dans la tôle... Ça finit plus l'engueulade à cause du tampon qu'on ne retrouve pas.

D'un coup Le Meheu il se rappelle...

« Mais il est de semaine à la remonte !

— Ah ! le voyou ! m'avait rien dit ! Et vos hommes à vous Le Meheu ? Ils sont-y prêts... t'y prêts vos fins chacals ? Hein ?

— Manque personne Maréchaogi ! »

Sur le pas de la porte une bise saisit, une sévère, qui vous crispe net. L'hiver est là déjà, mauvais, qui vous envoie la pluie glacée, la tremblote, le zef coupant.

Les hommes du poste ils s'extirpent un par un de la litière chaude. Ils vont s'attrouper le long du mur, juste sous la gouttière, l'arme au pied.

« Arrive ici ! À mon falot ! »

Il me montre l'endroit exact, Rancotte, il éclaire là juste le pavé, au bout de la file.

« Ici ! qu'il me fait... T'as compris ? Ta carabine à la botte !... T'en as pas, bien sûr ! T'en as pas ! T'as rien ! Ça fait rien ! Regarde quand même... Baisse-toi là un peu pour voir ! Tu les vois les crosses. Regarde ! Tu les prendras dans le cul mon ours ! Si tu te manies pas un peu mieux ! »

23

Il regarde avec moi par terre. Il se redresse. Ça lui occasionne un renvoi. Il rote. Il fait : « Ah, pardon ! »

« Ah ! mon Jésus ! ah ma nature ! C'est pas terminé tous les deux ! T'en as voulu pour trois prolonges ? Très bien ! Très bien ma petite aubaine. T'auras pas de regrets. »

Comme ça dans le noir et l'averse, son falot il s'éteignait, il fumait, il reprenait encore...

Mais il devait se trouver trop chaud Rancotte à faire des discours, il s'est dépiauté de sa houppelande. Il déambulait sous la flotte, tel quel en tunique, torse dégoulinant, culotte ajustée au moule. Sûrement que je l'agaçais beaucoup, il me trouvait sûr abominable. Il s'est mis à fouiner, renifler autour des hommes au garde-à-vous, il examinait leurs dégaines... Ils bougeaient absolument plus, comme raidis par le frigo, par le vent de la glace. Il est revenu vers moi Rancotte, il a repiqué une petite crise. Il remonte encore sa lanterne juste devant ses yeux.

« Regarde bleusaille ! Regarde ça fleur d'insolence ! Maréchal des logis Rancotte ! Tâche de te rappeler un petit peu ! Rancotte ! Rancotte ! dit Biribi ! Oui ! Parfaitement ! Biribi ! Deux à la bascule ! 1908 ! Et des durs ! Trois à la bascule ! 1910 ! Comme ça ! Oui ! Trois têtes de lard ! Ouph ! Biribi ! Pas d'histoire ! Comme ça Rancotte ! Vous dresse les

insubordonnés ! Les natures de vice ! Oui !
C'est beau Biribi ? Connais pas Biribi ? Parfaitement ! Bleu dressé ! Connaîtras ! Pine de
mouche ! Baguette ! Oui ! Parfaitement ! Baguette ! Carabine ! Baguette ! »

Il pivote, il braque sa lanterne en plein sur
le brigadier.

« Baguette Le Meheu ! J'ai dit : Baguette !
Vo-o-tre ba-aguette ! Allez oust ! M'entendez-
vous ? Zavez quelque chose dans la feuille ? »

Meheu se baisse alors, tripote dans les replis
de son manteau. Il en louche Rancotte dessus, tellement il se passionne pour admirer la
minuscule tige.

La flotte du toit cascade en trombe, ça lui
fouette la face. Il grimace. Il extirpe le petit
trait d'acier... avec beaucoup de peine... du
fond des doublures...

« Ah ! ah ! Brigadier ! Passez-moi l'objet !
Que je voye ! Que je voye d'encore plus près...
Là... Voilà... »

Il mire au fil dans la lumière.

« Ah ! Comme c'est beau ! Un vrai bijou,
une petite baguette, mon garçon ! C'est un
splendide ornement... Oui... C'est l'orgueil
du cavalier une petite baguette !... Oui ! oui !
C'est vrai mon garçon, y a pas plus extraordinaire ! Ah ! j'en vois une Le Meheu ! » Il
s'exclame. Il en exulte. « Ah ! J'en vois bien
une. Ah ! Je vois tout mon ami. Ah ! y en

aura, y en aura pas. Si... si... si... Meheu !
Une vraie tache ! Ah ! pas qu'une petite !...
Non ! Non ! Une énorme, Meheu ! Une
rouille grande comme ça Brigadier !... »

Ça lui fait écarter les bras pour montrer
toute cette ampleur de la tache terrible. Il en
glousse de jubilation... Ça fait écho comme
rigole... Ça résonne dans toute l'étendue...
Dans tout le grand ténèbre du quartier...
C'est le triomphe de l'astuce.

« Meheu ! Meheu ! petit jeune homme !
Triste frappe ! Votre baguette est pourrie ! Un
kilo de rouille dans son pétard ! Ah ! Ah ! zigoto ! Plus de graisse à l'escouade ! Très
bien ! Très bien ! Baguette en ferraille ! Parfaitement ! Quatre jours ! mon garçon ! Quatre tassés ! Pour commencer ! Avec motif à
réfléchir !... Quel motif ? "Néglige l'entretien
de ses armes, constitue pour son escouade le
plus désastreux exemple, compromet par son
incurie les progrès de l'Instruction." Ah ! Je
vous vois aux pommes ! »

Meheu regoupillait sa baguette.

« Je vous vois joli devant le capitaine !

« Fixe ! »

Tout le monde s'est recampé sous l'averse.
Ça dégringolait maintenant par furies, bourrasques. Ça faisait un vrai bruit de récif, la
flotte qui brisait contre les casques...

« Fixe ! Repos ! Fixe ! Tout ça en avant Le

Meheu ! La bleusaille à la cadence ! Pas de godille ! Ah ! Cavalerie indépendante ! Attends cavalerie d'élite ! d'élite ! oui d'élite ! Ça veut reluire ! Gougnafes, que je bouille ! le 17ᵉ Cuirassier ! Cavalerie lourde ! Corps cavalier ! Parfaitement ! Lourde ! Ma grosse branche ! Lourde, Parisien ! mais bondissante ! Encule la légère ! Tous les jours ! Au manège comme en campagne ! Oui ! Dans le train ! Oui ! N'est-ce pas ? Lourde ! N'est-ce pas ? Compris ? Moi ! Rancotte ! Compris ? »

Et il me rote encore en pleine face une puissante bouffée.

Je tenais frissonnant dans mon froc, resserré, mouillé à tordre.

« Oui.

— Oui qui ? Oui quoi ? Oui mon chien ?

— Oui Maréchaogi !...

— C'est mieux !... C'est mieux !... C'est déjà mieux bosco !... Tiens-toi droit !... Les yeux !... Le regard au lointain... Tu vois l'heure là-bas ?... Au cadran ? Là-haut ? Hein !... Tu ne vois rien ? »

Je le voyais le cadran... à l'autre bout... en l'air... à travers la pluie... Une petite lune jaune.

« Quelle heure ?

— Minuit 25 Maréchaogi...

— Tu vois mon cul ?

— Non Maréchaogi...

27

— Bien ! Si j'en trouve un à rire dans le rang, je lui en porte huit et le grand motif... Ah ! mes joyeux fanfarons, je vais vous faire tordre de plaisir... je vais vous apprendre à jouir à mort. Dressage ! Dressage ! À droite ! droite ! Arme sur l'épaule !... Que j'en retrouve un qui se moque du monde ! Meheu je veux plus un poil de sec ! Je veux que ça soye en braise ! Je veux que ça fume ! Harche ! Unn ! deux ! Unn ! deux ! Et votre tordu le perdez pas ! L'homme au pardessus ! Que ça ronfle ! Faut pas qu'il fonde le bonbon ! Brigadier vous êtes responsable ! La praline au pas ! Unn ! deux ! Le frisepoulet ! Couperez les cheveux ! Oui ! Eun ! deux ! Eun ! Eun ! »

On est partis dans les ténèbres à grandes enjambées, on a remonté toute la cour... L'autre il gueulait après nous... de très loin... du fond du noir... Il ameutait tous les échos... Il nous hurlait des ordres encore...

« Vous repasserez par la poudrière Meheu !... Me... heu... heu... ! Attention mes po-oo-o-rtes ! La grille au fumier !... Saisi ? Regardez le verrou !... Compriiiis ? Eunn !... Deueux !... Eunn !... Deueux !

— Oui Maréchaaaoogi !

— Oubliez pas l'homme au fourra-a-aage ?

— Non Maréchaaaoogi... »

Il hurlait de même Meheu en retour, vers le

tréfonds du quartier. Ça venait à travers les bruits de sabre, les éperons qui ferraillaient dans la marche et les saccades...

« Y a un bourdon en voltige dans la carrière Nansouty ! Meheu je l'enteeeends !... Vous aurez mes nouvelles ! Quand je passerai ! Mes boootes !

— Oui Maréchaaaoogi ! »

Ça répercutait cinq six fois... Ça bourlinguait d'un mur à l'autre à travers la nuit, l'averse, toutes ces vociférations.

Notre petite troupe au pas de cadence « Eun ! deux ! Eun ! deux !... » le long des bâtisses elle se démenait affreux, transie contre la flotte. Ça déversait maintenant de partout, en cataractes, des gouttières, des toits, même des murs... On était noyés, emportés, rebondis furieusement dans les pierres, rambinés debout par les bourrasques. Ça allait pas mieux.

Encore de plus loin le sous-off il a recommencé ses appels... là-bas une toute petite lumière qui clignotait piquée en plein noir. Il avait encore à brailler...

« L'homme à l'abreuvooooir ! Le Meheu !

— Oui Maréchaaoogi ! »

L'écho s'enlevait jusqu'aux arbres... pardessus les bâtiments... jusqu'aux ombres, aux énormes décors qu'étaient dressés au-dessus de tout... en avant du ciel... là tout noirs, bruissants, tout gonflés, monstres à chuchoter formidable... c'est les peurs qui viennent des feuilles... de la nuit qui bouge...

« Oui, Maréchaaoogi ! »

Dans mon raglan j'étais humide, il faisait vraiment affreux pour mes débuts militaires. Un déambulage très ingrat de pierres en gadouilles, dans le noir, sous des torrents de flotte. On a longé encore des murs. Mes grolles étaient bien trop minces pour lutter avec les pavés... proéminents comme des bornes, chevaucheux, terribles... Je me prenais entre, je butais, je suis tombé deux fois. Je me forçais tout de même à suivre, à la cadence « Eunn ! deux ! Eun ! deux ! ».

Le Meheu nous stimulait. Il nous escortait au falot, à grands balancements, tout le long du rang, et puis avec plein de commentaires, de facéties impayables.

« Dis donc la bleusaille, c'est pas bon ça, le tour du chat noir ! Chat mouillé ! Chat crevé ! Tu jouis pas des pompes ? Tu l'aimes pas le quartier la Trémouille ? C'est pas du graveton sur mesure ? Hein la risette ? Non ? Dis cafard ? Tu remarques rien la qualité ? T'as pas le pot en glaise dis des fois ? Tu fuis pas encore ? Tu vas tout casser ta figure ! Attends ! Attends ! La cadence ! Droite ! droite ! Tu verras au jour ! Ton cul pour les miettes ! Oh ! oh ! oh ! » Et tout le monde se marre.

« C'est le rembourrage en obuse ! Garantie du Gouvernement. T'arrives dessus t'existes plus ! T'as rapporté la seccotine ? »

Il nous relançait à la cadence à coups de hoquets hurlés gras... *Oach... oach !...* Ça entrecoupait sa verve...

« T'as pas fini la polka !... Tu vas couronner galvaudeux !... Comment que tu feras au manège ? Eunn ! deux !... Ça tient pas déjà en l'air. Ça va chier partout !... Pitié ! misérable ! C'est ça qu'on envoye ! De Paris ?... Eunn ! deux ! Il les pife pas le pied les vendus ! Qu'il a bien raison ! Merde ! Ça cogne infect ! *Oech ! Oech !* Des chances alors que ça cascade ! En avant les Russes ! Pour le dressage pine de mouche ! Tous étriers sur l'encolure ! Tout au feu dans son cul ! Au feu ! au feu ! le cul en rillette ! Il a péri par son derrière ! Le pauvre fi d'engagé ! Les miches en avant ! Maudit chiure ! Au pommeau je veux voir ! Voussez ! Le qui qui se monte sur les couilles je le passe au falot ! C'est saisi ? Eun ! deux ! Eun ! deux ! jusqu'à la crève ! En l'air les cuisses ! en l'air ! ils me bouillent ! ils me tuent les canaques ! Assis ! Plus de fesses au peloton ! C'est gagné ! »

Je le comprenais pas très bien... On a brinquebalé comme ça d'un bâtiment vers un autre

31

sous le déversement des gouttières... Encore d'autres écuries... Un orage dans les intérieurs. Des rafales, des coups de chausson... Tous les madriers en voltige... Le tohu-bohu féroce... *Bam ! Dam ! Vrang !* ça arrêtait pas de ferrailler... de saccager toute la crèche... les planches... les chaînes... les quincailles... toute la boutique en tempête. Une vraie ménagerie furieuse. On est restés là un moment sous les vasistas. La pluie a cessé un petit peu...

« En file ! en file ! les lardons ! »

On est repartis dans le caniveau. Le Meheu ne parlait plus... Il trébuchait, carambolait, voguait, sacrant d'une bosse sur l'autre... son falot à la godille... Voilà une trombe qui débouline... *Vlop ! Po ! Dop ! Vlop ! Po ! Dop !* en plein dans notre tas... Une charge... On reste plantés... Il nous traverse. Je le vois au falot... un éclair... Il volait... C'était plus un cheval... il tenait plus au sol... En vertige qu'il nous a sciés... *Yop ! Po ! Dop !... Tagadam ! Tagadam !* Il était loin...

« T'as vu pouloper ça bleusaille ? Tu veux pas nous le rattraper ? Dis ? »

« Eunn ! deux ! Eunn ! deux ! Du jarret les phénomènes ! Eunn ! deux ! Heunn ! deux !... »

On est repartis dans la cadence, trébuchant les uns dans les autres. Après les toits, après l'horloge, on apercevait bien maintenant les arbres tout en haut, des géants. Le ciel rame-

nait dessus les nuages, tout en morceaux, dé-
chirés, gris. Les bourrasques arrivaient en
rage, pleines de feuilles, tourbillonnaient dans
nos pieds, balayaient toute l'esplanade, toute
l'étendue, toutes les ombres...

Peu à peu on s'habitue, on écarquille pour
voir plus loin, encore des plus grands bâtiments... des vasistas... des écuries... encore
des murs et des casernes... tout autour d'une
immense flaque, toute noire, toute en nuit,
tombée là comme ça... tapie dans un fond,
traître, entre les choses. C'était un énorme
espace au moins grand j'aurais parié comme
toute la place de la Concorde. Encore un
cheval qui débouche au triple galop... Il
fonce... il nous double ventre à terre... Un
bolide... *Tagadam ! Tagadam !* Tout blanc
qu'il était celui-ci... à folle cadence poulopant... la queue toute raide, en comète,
toute solide à la vitesse... Il a presque em-
porté le falot... soufflé au passage... *Tagadam ! Tagadam !* Et que je te redouble...

« Foutoir ! Zont bouffé des cartouches les
carcans maudits ! Zont l'enfer au cul les salo-
pes ! Que c'est encore la faute des Russes ! La
mort des gardes d'écurie ! L'odeur au bleu
qui les débecte ! Ils se taillent les gayes ! Ils
sont pas fous ! Pourriture pareille ! Tu m'entends toi la godille ? »

Je voyais que j'étais considéré. On est arrivés,

33

à force de carambolages, de ramponneaux dans la colonne, « Eunn ! deux ! Eunn ! deux ! » haletants, ahuris, jusque sous un grand lampadaire, une poterne au revers d'une impasse.

« Cavaliers... holt ! »

Alors y a eu conciliabule entre les anciens... dispute encore... puis décision.

« Toi Kerdoncuf ! Arme sur l'épaule ! Direction la poudrière ! T'iras relever l'homme ! T'as compris ? Qui va là ? Tu le connais le mot ? »

Juste Kerdoncuf le connaissait pas...

« Comment ? Comment ! tu le connais pas ? »

Ça alors c'était un monde ! Il en suffoquait Le Meheu. Il en trouvait plus ses insultes. Il avait beau lui agiter sa lanterne en pleine figure pour lui faire revenir le mot... Ça l'a pas fait retrouver quand même... Il ruminait farouchement, il grognassait Kerdoncuf dans les profondeurs de son col... mais il retrouvait rien du tout.

« Tu te rappelles plus alors manche ? »

Ça lui faisait vraiment une grosse tête à Kerdoncuf, ressorti dans la lumière, une plus grosse que moi encore. Son casque lui tenait pas très bien, lui retombait sur le front avec les rafales, puis lui retrébuchait en arrière, le haut cimier chavireur, comme d'une fontaine que ça le coiffait, dégoulinant de partout.

« Comment que t'es foutu malagaufre ! Regarde un peu ton monument ! Comment que tu te promènes ? Comment que tu oses ? T'as pas la honte ma parole ? C'est le pape qui va la souquer dis ta jugulaire, crème de vache. Il est vidé ton cassis alors ? Que même ton casque il tient plus ! On te l'a donné dis le mot pourtant ! Merde ! Tu vas pas dire le contraire ! Malheureux maudit foutu ours ! Tu sais plus rien dis Kerdoncuf ? Tu sais plus rien dis rien du tout ? T'es plus con que mes bottes ?

— Oui Brigadier.

— Rien de rien ?

— Non Brigadier…

— Enfant du Bon Dieu du malheur ! »

Sous les telles trombes de la flotte, rincées, fondues dissolues, c'étaient des paroles en bouillie qui retombaient dans le noir, mornes, flasques. Ça réagissait pas du tout… Les tatanes elles bruitaient drôlement, des vraies pompes, quand on rebouge un petit peu, qu'on est allés se planquer en face. Mais la pluie arrivait quand même.

« T'auras mes deux jours à la crème ! Les porteras pas en paradis ! Parole du Rapport ! Pardon ! Vais te le faire perdre moi Kerdon-

35

cuf le mot ! Cochon ! Attends ! attends ! la colique ! »

Il se tenait plus de rage Le Meheu comme c'était abominable un pourri pareil, un lustu-cru qui s'en fout, qui paume les consignes.

« Tu sais t'y comment que tu t'appelles au moins ? toi malheur de la vie ? Tu l'as oublié ton nom ? C'est-y bien toi le Kerdoncuf ? C'est-y pas un autre ? Que tu sais sale con ? Ça va ! Tais ta gueule ! C'est infestant pire qu'un bleu un ancien pareil ! Je vais te le dire moi le mot ! »

On s'est alors tous rapprochés, moi-même derrière tous les autres, pour entendre le mot. Amalgamés, ratatinés autour du falot, on gre-lottait dans le creux de la nuit.

« Ah ! Alors cette poisse ! Je le savais ! Deux mots que c'était même ! En partant que j'ai dit à Coëffe : "Tiens voilà Coëffe le mot..." Merde ! Ça y était. Je le tenais bon. Ah ! dis donc moi ça alors ? »

Il rengueulait Kerdoncuf. Ça servait pas à grand-chose. Il se connaissait plus de colère. Il a eu beau enlever son casque pour que la flotte lui trempe la tête, il bouillait de rage. Il en rejetait des vapeurs avec des tonnerres de jurons.

Le mot venait pas quand même. Y avait rien à faire.

36

« Le putain de bourdon ! La merdure ! Il me passe au vent ! Ça me le souffle pardi ! à l'allure ! Je l'avais sur le bord le mot ! *Vlouff !* Je l'ai senti sauter de ma tête ! Ça me fit ça l'autre fois à la forge ! La berlue ça file d'un coup de vent ! Je me connais ! Et que je l'avais ! Officiel ! C'est pas "Navarre", hé La Malice ? Hein ! Pas "Navarre" ? »

La Malice a répondu non. C'était pas. Ils hochaient tous de la visière, confondus, prostrés sous la flotte. C'était pas « Navarre ».

C'était que le mot de l'autre semaine « Navarre »... de la précédente... Et puis ç'avait été « Navarre » encore une fois, ils se souvenaient tous, l'avant-veille de la Toussaint, mais ce coup-ci c'était pas « Navarre »...

« Ça pouvait pas être "Navarre" ? Non ? Garce. Tonnerre ! Que je l'ai croqué moi ce mot d'affreux ! Moi que jamais j'oublie rien ! C'est le bleu aussi qui fout la cerise ! »

Y avait pas que le cheval en cause... Je devais contribuer pour beaucoup dans les malheurs de la soirée.

Y avait un courant d'air atroce par le travers de l'écurie. Moi qu'étais en arrière des autres, il me coupait en deux.

Meheu continuait à glapir.

« Kerdoncuf ! Kerdoncuf ! Malade ! Le pire ours du régiment ! Que j'ai toujours dit ! Que tout est ta faute ! C'est malheureux qu'on fusille plus des choléras cochons pareils ! »

Maintenant si je comprenais bien, y avait plus qu'une alternative dans notre trop pénible état. Ou que Le Meheu rebrousse chemin, aille repêcher le vrai mot au poste, se fasse sucrer plus que probable par Rancotte avec un motif alors tout à fait au pet, ou bien qu'on continue nous autres au petit bonheur la balade, d'un ténèbre à l'autre, à la relève des sentinelles avec un faux mot, un passe à la gomme, qu'on gueulerait de loin au petit bonheur... que l'autre s'apercevrait peut-être pas... qu'il aurait les foies de tirer...

C'était pas franc comme solution... c'était un blot à se faire étendre... Les hommes ils ont tous reniflé qu'on allait comme ça au massacre... Y a eu des murmures d'objection... Que c'était pas carré du tout... Si le guignol à la poudrière il tirait lui par exemple... Si il lui passait une frayeur ? Qu'il se croye enlevé par surprise ? C'était con plutôt comme astuce.

Même Le Meheu il se rendait compte. Il voulait pas insister. Il s'en prenait à lui-même.

« Merde ! que j'aurais dû me l'écrire !... Ah ! Vous êtes tous de beaux boudins... Et toi le Russe t'as rien entendu ? C'est pas toi qui l'as pompé le mot ? »

J'avais rien entendu du tout.

« Voilà une bande de beaux manches que moi alors ils me collent au cul ! Salut papillon ! Je suis coquet ! Les pires baratins de la brigade c'est sur moi que ça tombe ! »

Il se trouvait maudit à crever. Il expliquait tout le désastre.

« Tiens que je retourne au poste un peu... Que le Rancotte me pingle... Il me fait : "Garde à vous Le Meheu. Au ballon tout de suite mon garçon ! Pas d'explication principale ! Vous connais charogne ! Descendez !" Voilà comment il me traite d'autor ! »

Du coup, ils se marraient dans la clique.

« Pas un sou de cœur toute la racaille ! Ça perd le mot, ça s'en fout ! Ça va ! Ça va ! mes petits pères ! Bougez pas ! Je vais vous raisonner ! »

Ils se renfonçaient dans leurs manteaux, arqués sur leurs carabines. Comme une troupe de bêtes au piquet, sous la cataracte, les bourrasques...

« Ah ! là ! là ! Ah ! là ! là ! Y a de quoi !... » qu'il se remit à râler Le Meheu comme ça morfondu.

« Vous l'avez eu quand même bourriques ! Vous voulez pas le trouver des fois ? Damnés fainéants têtes de bûches ! Toi Lambelluch, toi La Guimauve, qu'étais juste tout près à côté ! Tu vas pas dire non ? C'est pas toi-même qu'as pris le falot ? Que le mot était dessus écrit ? Tu vas pas mentir ? T'as rien entendu ?... C'est pas "Navarin" ? »

Non... Lambelluch, jaune, maigre des joues, il avait rien entendu... Pas de « Navarin »... Il s'est haussé un moment au-dessus des épaules du tas. Il a louché devant la lanterne... Il a ruminé du patois... Il a plus rien dit... Il est retombé à l'arrière-plan, au fond des pèlerines, dans l'amas des nippes trempées.

« Bon, alors je vais le relever tout seul moi, le Kersuzon ! qu'il a résolu Meheu. Et puis rien qu'à la gueule les gars ! Du coin de l'impasse du Troisième que je vais l'agonir ! Il reconnaîtra ! Il saura bien ! J'y défie de tirer, l'enfoirure ! Tuer son brigadier ! Malheur Dieu ! »

Ils ont pas trouvé ça bien fort dans le rassemblement. Ils ont hoché un peu du casque. Ils trouvaient le truc pas mal con.

« C'est un moyen pour te faire étendre.

— Bon... bon... ça va... J'ai rien dit. »

Et il a proposé tout de suite, une autre manière bien plus mariole pour relever la poudrière.

« Voilà ! Gafez bien les ours... Moi je cavale à l'escadron... Je saute là-haut... Je réveille l'affreux... le gars aux mites... Je le fous en l'air... Sûrement il le sait lui le mot le gars... Je vas y apprendre à ronfler !... Vendu maudit matricule ! Il me le dégueule ou y trépasse ! Je le fous par la fenêtre ! J'y fais faire le tour des rigoles le cul dans la flotte. »

Il aurait été servi. Ça lansquinait par torrents. Comme tout idiots on devenait de flotte lavés jusqu'au fond de la viande !

« Je drope les gars ! Je le fous en l'air ! Il va le savoir lui le mot, l'affreux ! Il est bignolle suffisant ! »

Y a eu encore des raisonnements. Ils trouvaient ça une drôle d'astuce que le brigadier se tire tout seul...

« Vos clapets ! bande de mouches ! Vous planquez j'ai dit : File à droite ! Tous à l'écurie des trompettes, après le Manège Labédoyère. J'ai dit ! C'est pesé ! Vos salades je me torche ! Que le pied vous arnaque à la traîne, c'est moi qui dérouille ! Du coup mes vaches là c'est votre mort ! C'est compris ce que je vous préviens ? Ça va ? C'est rentré ? Oui zou merde ? C'est pas trop marle à retenir ? Si il s'annonce le Rancotte... qu'il s'apporte avec la ronde... alors tous gaffe ! Pas un soupir !... Ratatinement tous à la pine entre le coffre au mur et le battant... Planqués ! Planqués ! En souris ! Keriben toi qui commandes ! Le plus ancien responsable ! À son commandement les hommes ! Si le pied vous paume, pardon, tant pis, vous êtes responsable Keriben ! Mistigri mon ami ! Vous aurez le bonjour du Rapport ! Fixe !

« Je reste pas cinq minutes là-haut ! Le temps de ramener le boniment ! Je suis à vous ! Faites pas les billes ! Tout est parfait ! Tout est aux pommes ! Réglementaire au petit poil ! Que je suis le sauveur de la musique ! Cachez vous malheur par exemple ! Votre bleu d'abord ! Avec son civil s'il la fout l'ostroque ! Qu'on s'aperçoit ? Youve ! Chiez, fanfares ! Derrière le coffre ! Pas un qui moufte ! L'Arcille qu'est de garde aux trompettes... vous lui direz que ça va bien... Que je vous envoie... Que j'arrive de suite... Qu'il vous ballotte dans son fourrage... Que je lui dois un litre... Si jamais quand même que vous êtes faits... que le Rancotte vous poire... alors je suis à la poudrière ! moi ! Entendu ! C'est compris ? Tout saisi grelots ? Alors fixe ! En avant Heirche ! Heun ! deux ! Heun ! deux ! »

Et on a repris toute la cour... dans l'autre sens. On a remonté contre l'averse... dans la diagonale... d'abord à travers la gadouille... puis sur l'allée dure... On avançait à la cadence. « Heun ! deux ! » Il scandait comme ça Keriben pour commencer... peu à peu ça s'est ramolli... Je me suis trouvé à la traîne. *Bagadam ! bagadam !* une autre avalanche qui vous frôle. Un bolide qu'arrive... dévale... jaillit du noir... esquive à la pine notre falot !... galipette ! détend ! tout en l'air ! Saut de carpe ! Ça gicle ! Ça ronfle ! Trente-six mille fouets !

des quatre fers ! *Vbrang !...* La brute pivote !
barre en tornade ! fonce au vertige ! s'envole à
travers l'espace...

Deux autres bolides qui nous frisent... une
grêle de cailloux qui s'abat... Lambelluch
qui les reconnaît... « C'est la "Sabretache" !...
"Qui-dit-oui" avec ! la pie du fourrier ! Elle
est en licol la putasse ! Elle retournera pas
avant le réveil ! C'est pour le falot à Cloër !
C'est lui qu'est de garde au Premier. Je la
connais moi la "Qui-dit-oui" ! Qu'elle m'en a
t'y fait chier du poivre de tout mon temps de
bleu ! Merde ! dis donc ! Que c'est la pitié pi-
toyable de voir ça pouloper perdu, insulter la
misère de l'homme. Animal du vice ! J'y ai
cassé dis donc ma vannette à travers les os, à
la bique maudite ! Dans la correction ! Je suis
pas brutal de nature ! Dis donc je l'avais au
choléra. Je m'approche pour y remettre sa
musette... Elle avait la tête en bas... La tante
elle m'encense ! Je prends la relevée en pleine
tirelire ! *Baouf !* Je pars à dame ! Je m'envole
mon ami ! Je m'envole ! Un tombereau
comme qui dirait qui me bute en pleine face !
De l'encolure mon ami ! De l'encolure y a
pas plus fort ! C'est pas con un cheval. C'est
pas con ! Me voilà dans les nuages ! Je suis pas
délicat par nature ! Mais dis donc ! Tu sais pas
la viande qu'elle profite ! Qu'elle me rebondit
deux bat-flanc ! Que je ramasse ma gueule en

43

miettes ! Que je me relève elle est partie ! Et *vlagada ! vlagada !* Mademoiselle décarre ! Toute berzingue ! Mon cher ami mille erreurs ! Carrousel ! Jusqu'à la gare ! Tout du con ! Pardon ! Classe 9 ! Où que je la retrouve ? À la consigne ! Oui ! Minute ! mignonne ! Ça va ! Za nous deux ! Je reviens à mes sens ! Je me recolle la tête d'entre les épaules...

« Tais-toi ! tais-toi ! Malheureux saoul ! Jamais que tu quitteras les brancards ! Au 15e ! tu y es pour la vie ! Individu, triste sire !... Tu t'en feras crever de la gamelle ! T'as beau dégueuler ! »

C'est Keriben qui réfutait. On progressait au ralenti, à droite, à gauche, de travers, embourbé comme ci comme ça, entre les cassis, les fondrières, soufflants, cahoteux.

On a retrouvé d'autres bâtiments, toute une ribambelle de petits murs... un vrai labyrinthe ! Et puis il est encore surgi toute une charge de chevaux, des ténèbres... Ils sont venus buter pile sur nous... Après ils nous ont entourés... Ils ont circulé en tornades... puis ils sont repartis dans la nuit... Ils ont renfoncé en plein noir... *Tag ! a ! pam ! Tag ! a ! pam !* rageusement... comme ça de plus en plus... puis en grêle... en castagnettes... de plus en plus loin... minuscules... des tambourins d'ongles... rien du tout...

On a repris l'allée du milieu, pavée en forts moellons, terribles, avec les tinettes en bordure, des futailles, des énormes mousseuses, en ribambelles, dégoulinantes...

Tout à fait en haut de l'avenue y avait ce qu'on cherchait, la grande porte, la monumentale avec les deux écuries... On a vu un peu l'intérieur... les poutres... des lueurs au plafond... des travées tout à la chaux... on s'est faufilés... On a longé au plus près le mur... Il tombait tout d'en haut de l'urine... mais pas de la pluie... de la cascade, de la pisse de tous les étages... Ça arrivait en drôles d'averses. Pour que je triche pas à la douche, ils m'ont bousculé plusieurs fois les affreux sous les arrosages... Ils voulaient que j'en soye bien trempé, que ça me baptise sérieusement. Des vrais jets de fontaines sous toutes les fenêtres des étages... Ça pissait en bas par saccades en gerbes brisantes... en rafales.

Ça faisait tout un rideau dense qu'on traversait par sursauts... On est arrivés à la fin tout de même devant cette écurie... celle du dénommé L'Arcille...

On a pressé tous sur la porte, ensemble en chœur, l'énorme battant. « Hoa ! Hiss ! » Ça cède... on s'engouffre. Nous voilà reniflants, ébrouants... toute la coterie sous les voûtes à chercher du sec. Enfin ! On y était ! Soulagement ! Lambelluch a donné des ordres. Mais

on l'entendait pas du tout à cause du tu-
multe prodigieux. Un orage de chevaux en
furie d'un bout à l'autre du local. Tout le matériel, la quincaille, les bois, les bat-flanc dans
la danse. Une ménagerie en tempête. Et puis
on n'y voit plus du tout. C'est dans le fond
du noir toute la menace, tout l'ouragan des
animaux. Keriben il pousse un appel comme
j'avais jamais entendu, un hurlement, une
plainte du nez qui s'entend tout de même dans
le tonnerre.

« Ouéen ! ouéeeen ! »

Du fond des ténèbres ça répond... Un gnière
qui s'amène... banquillant par la traverse...
Clopin clopant. Le voilà tout armé d'une
fourche... Il nous dévisage au falot... Il est
pas du tout content...

« Quoi y a ? Que vous voulez ? »

C'est un énorme tas de guenilles de près,
les unes dans les autres. Il est au fond de tout
ça l'homme, empaqueté, râleux, mauvais... il
avance dans son monticule comme enseveli
sous ses houppelandes. On lui voit pas du
tout la tête, tellement que son calot enfonce,
les cols lui remontent dans les yeux... Il lui
reste plus qu'un petit passage pour la buée et
les réflexions. Ça fume quand il cause. Y a eu
tout de suite des injures, plein les échos.

« Quoi y a ? Quoi y a ? »

Il redemande.

« Y a que tu pourrais te manier un peu bon Dieu bouzeux garde-écurie quand les hommes arrivent !

— Les hommes ? Les hommes ça ? Ah ! Dis donc ! À moi que ça cause ! À moi la classe 8 ! Ce culot ! Moi qu'en perds encore deux cette nuit ! Deux en l'air ! Entendez charognes ! Deux qui me taillent ! Que je suis bon pour "quinze", sûr comme balle ! et que ça vient me faire chier extra ! C'est trop fort ! Maudits culs ! Trop fort ! Sautez ramener mes bourdons ! Galvaudeux ! Foutus propres à rien ! »

Lambelluch lui a expliqué qu'il prenait tout de travers les choses, que Le Meheu était parti !

« Il est taillé ! Il est taillé ! Comme mes gayes les foutues bourriques ! La belle queue que ça vous donc fait ! Il est parti soiffer aussi ! Mais pas dame lui dans l'abreuvoir ! Ça dame non ! Ça dame bien non ! C'est saoul noir de vin l'heure qu'il est ! J'y connais moi peut-être pas son goût ! »

Il en ricanait, pouffait, dans le fond de ses pèlerines, tellement qu'il nous trouvait couillons.

Puis il retournait à ses soucis.

« La "Zéphirine" et le "Petit Four"... Futés comme des pets mon ami ! *Vlouf !* Pas le temps de me retourner ! *Youf !* Dehors ! Va courir ma vache ! ça fera combien pour mon

pot ? "Trente dont huit !" que c'est raide
comme balle. Qui me la cassera zigotos ? Personne ! grâce de Dieu ! Personne ! Tout pour
ma poire ! Dur comme fer ! Personne qui court
après mes biques ! Personne ! Alors que vous
venez foutre ici ? M'emmerder encore extra !

— T'es pas très gracieux L'Arcille, qu'a
répondu l'un des nôtres qui s'appelait Keriben. T'es pas très gracieux... mais je vas te
faire faire une autre grimace... Tes gayes ils
sont sortis tantôt... ils sont partis à la campagne... On les a vus passer la grille... "Petit
Four" il fumait un cigare...

— Vous êtes des marrants je vois ça... Si
vous aviez vu la séance... vous auriez peut-
être pas trop ri... Deux licols qu'ils me brisent... Un bridon encore ! et puis ma toute
neuve lanterne qui vogue à dame ! Trois morceaux ! Salut ! Je suis fou ! La vache la gigo-
gne elle renarde ! D'un seul bond d'arrière elle
soulage plus haut que la pancarte ! Dis donc !
Malheur ! *Patabroum !* Qu'elle me retombe à
califourchon ! Je fais affreux ! Dans la moule
un morceau comme ça ! Séance ! Elle est
folle ! Elle renâcle ! elle franchit ! dans le clos
à "Rébus" ! le gaye du ferrant ! Tabac ! Celui-
là qu'est déjà le choléra ! Ah ! alors pardon !
la tatouille ! Si t'approches, t'es mort ! Des je-
tons à écrouler la tôle ! Ah ! mon garçon ! Ces
étincelles ! Les pavés ? du feu ! C'est fini ! Je

vais chercher le falot ! Je me dis : Ils en ont
plus de pattes ! C'est les genoux qu'étaient
fauchés ! Il plie le "Rébus" ! Il est en deux !
Une atteinte les gars grand comme ça ! La
barbaque qui pend ! du bifteck ! Je me dis :
L'Arcille t'as gagné ! Tu peux faire ton sac ! Je
reste là devant ! J'en suis con ! Dis donc, la
bourrique elle me salue ! Un coup d'envoi !
Tout le train en l'air ! Tout le cul la foudre !
Mon ami ! au quart de poil ! j'avais la tête
emportée ! Le poteau prend tout ! la dé-
charge ! elle me fend un chêne gros comme
ça ! à me renverser l'écurie ! mon garçon !
Mon calot du souffle il s'envole ! C'est vous
dire si j'ai réchappé ! »

Il réfléchissait un petit peu.

« Tiens qu'elle me revienne la ragougnasse !
Je lui retourne les naseaux ! Je la crève !

— Alors t'en prendras pour vingt ans…

— Elle voulait bien me tuer moi l'ordure !

— L'Arcille vous êtes saoul !

— Saoul moi ? saoul de quoi ? Saoul que je
serais ça oui pardon, si je la renfouinais ma
colère ! Alors que tu pourrais causer que ça
serait du saoul ! Le tonnerre du tonnerre de
Dieu si je la renfouinais ma colère ! Que ça serait tout des flammes, du feu !… tout volcan
dans la maudite turne si je la renfouinais ma
colère ! Que vous y regarderiez plus de vos
yeux, damnés croquants chassieux ! vendus ! »

Il prenait mal la plaisanterie. Il continuait à ruminer comme ça bouté sur sa fourche, les pires malédictions sur nous.

« C'est pas tout mon petit ami ! les juments tiens moi je vais te le dire ! J'ai fait cinq ans moi de la musique ! C'est la perte des escadrons ! Ça devrait jamais exister ! Des barils de flotte que je leur ai virés tiens moi dans le pouet !... Que ça n'empêche ! T'es la victime ! La mèche au cul ! C'est de la femelle ! C'est de la peau ! C'est du tout au vice ! C'est un ancien qui vous cause ! Le foutoir ! La damnation ! Pas une écurie qui résiste ! Dis donc la troisième fois ce mois-ci qu'elle me brise, qu'elle me fait dans les doigts ! La première vape j'en ai pris huit ! Ils me l'ont ramenée de l'Hôtel de Ville, elle était entrée chez le concierge ! Rendez-vous compte ! "'Zéphirine', qu'il me fait, c'est à vous ?"... Le chef Orbet du 4e... Il était de garde cet enfoiré... Encore un joyeux du motif ! Ah ! ma mère ! Tu te rends compte de la chanson ? C'est plus mauvais qu'une vérole une canasse pareille ! Je dis ! J'y fouterais toute ma fourche dans le train si c'était pas pour le falot ! J'y rendrais toute la misère d'un grand coup ! *Flouac !* Ça mérite ! Ah ! Je te la désosse boxon ! Cours chérie ! Dépense-toi ma belle ! Galope mignonne ! Tu perds re-rien pour attendre ! Fi de cent mille dieux de gayes de mo-

rue ! La troisième fois qu'elle me joue la flûte !
Attends ma cocotte !... Tout ce que j'ai en-
duré ! Pardon ! "Il est entré en agonie" comme
ils te disent à l'hôpital. Pardon ! Ça c'est moye
au poil ! Chaque fois que je la retrouve ! Ça
me fait l'effet ! Je respire plus ! J'y regarde les
pattes ! C'est la crevaison du soldat ! Suppose
qu'elle soye taillée en ville la fine ganache
l'heure qu'il est ? Hein ? Qu'elle se promène à
la campagne ? Qu'elle revienne dans une semaine ou deux ? Qui c'est qui cassera les
cailloux ? C'est pas rigadin ma pomme ? "Ju-
ment échappée perdue, dégradation militaire !"
Non ? Je connais pas les habitudes ?

— Oui que c'est pour ta tronche, paumé !
Oui que c'est bien pour toi guignol ! » Ils ont
tous acquiescé en chœur.

Et puis ils se bidonnaient de l'entendre comment il ragotait farouche après ses malheurs.

« Ils en feront du boudin va de ta bique,
paumé ! Ils la retrouveront ta "Zéphirine" !
T'es tranquille ! Elle est trop poison ! »

Keriben il était pressé de planquer son er-
rante escouade.

« Dis donc où elle est ta cagna qu'on se bi-
vouaque tous ? Que le Rancotte il nous gaule
pas ?

— Pourquoi ici ? Pourquoi donc ! Vous
êtes tous en bordée alors ? Vous avez t'y cassé
vos chaînes ? Ça c'est du propre ! du joli !

Bande de poivres ! Comme la "Zéphirine" ?
Venez me faire chier alors... Quel droit ?

— Non ! Non ! Salut ! Gros andouille !
C'est Le Meheu qu'a perdu le mot !... Peut
plus relever la poudrière... l'a peur que Coster il fasse mouche... Comme ça sans mot...
qu'il nous étende... qu'il nous prenne pour
des rigolos... Mauvais au carton...

— Ah ! Alors dis donc ! phénomène !... »

Ça le faisait loucher ce cas périlleux L'Arcille... il en revenait pas.

« Qu'il est ?...

— L'est parti chercher dame son mot ! Il
court après !... »

Fallait un drôle de braillage, des vociférations affreuses pour que le bastringue des ferrures couvre pas toutes les paroles.

Des rafales, des ruées à volée, plein les
bat-flanc, des vraies tornades de bestiaux reni-
fleurs, casseurs, enragés. Pas une petite trêve,
la moindre pause, un bacchanal affreux, féroce, une catastrophe de folles bourriques. Les
croupes, les ombres ça ressautait, reboumait
terrible en rafales, des telles fougues, des telles hauteurs que ça défonçait les traverses,
vingt à la fois, dans la broderie des poutrelles.
Toute la quincaille du saccage, les chaînes
folles à racler perdues, plein les anneaux, souquées aux licols, par le va-et-vient perpétuel,
comme des systèmes élastiques, baissent, re-

lèvent, repiquent encore, soulagent encore, jamais arrêtent, brouillent, brisent, tritouillent à perte de vue.

À l'enfilade, au profil, c'est agité comme la mer, ça vogue, ça reflue, ça rebondit, une sarabande à la lanterne.

Il est resté comme ça L'Arcille, planté devant nous, un grand moment à réfléchir, sa fourche présentée en hallebarde entrée à fond dans sa galoche.

« Parfaitement ! qu'il a conclu. Parfaitement ! »

Il a glavioté un fort coup. Il a graillonné pour sortir des choses.

« Ah ! C'est quand même fort injuriant qu'on vous envoye plus bas que la merde ! un ancien comme moi de la vraie classe, qu'a trente et sept mois de fins services ! Malheur de la vie ! Y a plus de respect des courageux ! Plus que ça va plus que c'est pire ! C'est le moment que vous vous apportez ! V'là une litière je la ferai jamais ! Vous entendez la corrida ? Y vont-ils la crouler la tôle ? »

Il se tournait vers la bataille, il nous prenait à témoins.

« Quoi ils ont becté ces ours ? Je vous demande un petit peu ? Des feux de bengale ? Jamais qu'ils ont tant foiré, loufé, saccagé la consigne ! Caille ! Il me les retourne ! À vous les marles ! Au boulot ! Je laisse tout choir !

C'est un vrai refus d'obéissance ! C'est trop pour un homme de misère ! »

Il poursuivait sa complainte à propos de cette damnée garde, de cette écurie impossible avec tous les gayes enragés, viandes maudites.

Ils se pilaient à la ronde de l'entendre désespérant, déconnant, toute la musique. À présent la chaleur montait, tournoyait en buées épaisses. L'écurie prise comme dans un nuage.

Le coup de la « Zéphirine » en bringue ça le rongeait affreux L'Arcille. Il se voyait vraiment damné.

« Ça peut pas durer, qu'il a fait... Ça peut pas durer... » Et il a repiqué vers le fond, dare-dare avec son falot, à pouloper d'une case à l'autre à la cueillette des crottins. Une véritable voltige après les croupions. Il fonçait juste au moment pile... les rondins giclaient, tout chauds dans un jet de vapeur... Ça chutait juste dans sa vannette... C'était une virtuosité... Il devait drôlement se manier, bondir exact l'instant précis ! d'une galoche sur l'autre... avant que tout se débine, fuse en foire... Il rappliquait plein d'équilibre, ramener toute sa récolte au tas, le monticule très haut fumant. Juste le temps de virer sa camelote, de nous injurier un grand coup... Et que je te repique au mic-mac !... Pas une petite seconde à perdre... Le coup de feu ! La folle sauvette ! En plus ils se mettent à hennir, à braire à la bataille, les chevaux, un barouf infect. Il en loupe à présent L'Arcille, de la récolte... Il est surpassé. Il a beau se démener corps perdu. C'est un terrible tir, une immense cascade, d'un bout à l'autre, une avalanche de tous les bords. Il renonce. Il en peut plus. Il s'assoye. Le dos au mur il se prend la tête. Il en a marre. Il abandonne la vannette.

« Quelle heure qu'il est les amateurs ?

— Trois heures bientôt. »

Il cherche son souffle, il est pompé ! Comme ça nous regardant il me découvre :

« Ah ! C'est un bleu que vous avez là ? »

Il m'a repéré dans le fond du groupe.

« Il a du retard le chacal !... L'a pas fini de chiquer la sciure avant qu'il raccroche au peloton ! Ah ! le guignol ! L'a pas fini pour son pouet ! Non ! L'aura le feu au troufe d'avant que ça me reprenne ! L'en aura trente-six mille chandelles ! L'ont déjà tous du cuir au derge les bleus de la classe à l'heure présente ! C'ty-là qui se magne trois mois d'après ! Il est fin perdu l'empaffé. Jamais qu'il retrouvera la cadence ! Jamais ! Ils vont le tuer le sacré outil ! Ah ! L'a une gueule de raie d'abord ! L'a déjà tout fini son temps ! Je le vois bien mort moi votre macaque ! Je le vois tout froid ! L'a la tête ! »

Ça du coup c'était trop drôle comme L'Arcille il m'emboîtait ! Mais les soucis sont revenus, toujours à propos des crottins qui déferlaient de plus en plus denses, que ça submergeait toute la paille.

« Parole de tatoué ! Faut voir mon autre auge ! C'est le pire de pire ! Ça monte dans la fenêtre ! Jamais qu'ils ont tant chié de la vie ! C'est pas un pierrot qui vous cause ! C'est un cent douze demain matin ! Et qui vous dit cent treize fois merde ! Pas con L'Arcille ! Qui vous présente bien le bonjour ! »

Il se relance au tapin. Il explique tout en s'affairant.

« Petites têtes je vais vous affranchir ! Je vais vous montrer un truc d'"Ancien". J'amonce la caille devant le battant... L'autre le "pied" il arrive de loin... il se faufile en tapinois... Il veut me coiffer... Bon ! Suppose que je soye juste au repos en train de fumer mon cigare ! Très bien ! Le con il fonce dans la porte. Tout débouline... Moi je suis là-dessous... Je prends toute la came sur les endosses ! Je suis caché les potes ! Je suis en caque ! La tête aux pieds il m'enfouine ! Il me voit plus ! Qui c'est qu'est têtard ? C'est phénomène ! C'est sa gueule ! "L'Arcille ! L'Arcille ! qu'il me réclame, où que vous êtes ? — Je suis malade, que je lui réponds !" »

Toute la coterie en râlait de joie tellement qu'il devenait spirituel.

« Gaston L'Arcille ! Moi-même ! d'Asnières ! chu dans un régiment de nigousses ! Fixe ! L'Arcille à l'action ! Voilà ! Trente contre un !

— Ça va ! ça va ! qu'a rétorqué un dans le tas qui l'avait mauvaise. Moi Guerandec ! moi je te dis mange ! fin Parisien de la grande jacasse ! Attends minute que le pied se ramène ! Tu vas voir ces petites allures ! Tu vas jouir grand cagneux guignol ! Il t'en fera bien pisser du sang. Tu lui feras point peur culeur d'âne !...

— Point peur ? Point peur ?

— Pitre du tonnerre ! Et ça cause ! Que je te cafouille ! Et ça déconne ! Et trop content !

— Le Rancotte ! Mais rousti vaseux, mais je le double par toutes les allures ! petit trot ! galop ! la charge ! Vous étiez cor au tétin que je l'arnaquais déjà le Rancotte ! que j'y faisais comme ça dans les doigts ! Alors je m'y connais plus ! J'y ferais une tirelire de mon oigne au maréchaogi Rancotte ! Officiel ! Moi qu'a été à l'Opéra ! qu'a vu tout *Carmen* et *Manon* ! qu'arrive pas du bourg Saint-Mange-Fouasse ! L'Arcille d'Asnières ! Classe 8 ! Officiel ! Cinq ans au réveil ! Parfaitement ! Taratata ! 115 de rabiot pas volé ! Rapport de la Division ! Fermez le ban ! Cassé premier

57

jus ! À la Onzième indépendante ! Règlement ! Quarante au ballon spécial ! 27 fois le motif ! Choléra nobis ! L'Arcille aux locaux ! Très bien mon Général ! Rassis ! Poigne d'acier ! Jamais un petit sou pour les filles ! "L'amour est enfant de Bohême !" »

Il fredonnait. Il refonçait avec sa vannette à la récolte. Il revenait d'une autre direction. Il ramenait vingt kilos de brioches à chaque randonnée, bien fumantes, âcres, fragiles.

Il s'adressait maintenant à moi, tout exprès :

« Tu vois la fleur t'es mal venu... pauvre casse-couilles ! Que t'en aurais pris cinq potées aux petits chasseurs à Vincennes, qu'est pourtant un beau métier de vache, que t'en aurais peut-être sorti pas tout à fait mort. Mais ici t'as pas ta chance, t'as pas à compter ! T'es tranquille, t'es bon à la boîte ! Le 17e lourd l'est comme ça ! petit cave ! Vous avez pas fini d'apprendre ! Moi qui suis dans la bonne piste c'est peut-être six mois que je m'envoye, rabiot tu m'écoutes ! Si me tombe une tuile sur la tasse ! Pardon ! Je ferai encore quinze ans peut-être ! Suppose j'ai la malchance finie : je fous la trempe au cabot ! Une mauvaise humeur ! que ça me turlupine... Alors c'est tout dire ! Toi qu'es dans le mille demain matin, je te fais la comparaison... Si j'étais moi dans tes bottes, j'irais me pendre tout de suite ! »

Il avait encore d'autres conseils... Mais quelqu'un dehors a hurlé.

« Le Meheu ! Le Meheu ! »

« Le pied ! le pied ! » qu'ils hoquettent tous en terreur.

Et hop la précipitation, la ruée panique vers la planque, entre la muraille et le coffre, la géante boîte aux avoines, un monument. On se trouvait parfaitement planqués, racornis les uns dans les autres. Personne aurait pu nous surprendre, même passant absolument contre. L'autre gueule il en avait toujours, dehors, après Le Meheu, mais il était parti plus loin. On l'entendait de là-bas, au diable.

C'était seulement une fausse alerte.

L'Arcille a tombé sa houppelande. Il y tenait plus de chaleur. Il faisait plein de fumée comme un cheval. Puis il est venu s'accroupir tout à côté de notre tanière. Il a posé sa lanterne, il s'est coincé dans le réduit même, avec nous.

« Où qu'il est perdu votre cabot ? Je le vois pas frais l'imbécile !... Le Rancotte on peut y compter... sur les quatre heures il s'apporte... Je le vois d'ici !... Il fouille partout avec sa ronde... Il vous gafe... Il vous épingle tous... À moins qu'il soye saoul... C'est votre seul salut... »

Entre le coffre et le mur on était pas tellement mal. On se réchauffait d'humidité, toute la draperie trempée à tordre. Avec mon raglan je me tenais mince, dissimulé entre deux autres, des Bretons, Le Keromer et Bonzellec. Des colosses. Ils ronflaient avec beaucoup de bruit, le casque et la tête basculante, tout empanachée. J'ai encore entendu d'autres noms. Ils s'interpellaient violemment pour se tenir en éveil. « Oh ! Keriben ! Eh oh ! Garec ! Le Moël ! Ronfleur maudit ! Vas-tu répondre ? »

L'Arcille monologuait toujours, il hurlait pour qu'on l'entende à travers le tonnant barouf, tous les clinquants échos, la casse. Il rapportait du purin, des pleines hottes de dessous les chevaux. Ça devenait un grand monticule sur les civières autour de nous. On disparaissait peu à peu. On était recouverts, ensevelis.

« Je vous parie moi les grosses bises qu'il reviendra jamais votre guignol ! Dans le moment il se tape la cloche avec son petit pote ! Il s'en torche comment ! de vos matricules ! Il est mûr à l'heure de l'instant ! Ils sont fin mûrailles tous les deux ! "Mon cher Duraton comment ça va la santé ? Un petit coup encore mon trésor ?" Patience mes minets ! vous êtes dans le trou pour cent piges ! Il reviendra jamais !... »

Tout en causant il s'est remonté jusqu'à la crête de notre ravin. Plaqué sur le ventre, il dominait, il plongeait dans le trou. Il se rendait compte de notre état. Et puis il retraçait au boulot. C'était devenu un haut remblai, une muraille de bouse imposante, la bordure de notre cagna. Le complet ensevelissement.

« Je vous défends de fumer les tordus, qu'il a beuglé un coup L'Arcille. Ça me fait mal au cœur ! »

Mon voisin dans l'entonnoir ça l'a réveillé en sursaut ces mots malhonnêtes.

« Qu'est-ce que tu ramènes, bouche d'enfant ? Mais on a le droit comme tout le monde ! Écoutez-moi le prétentieux ! Tu le fais pas le perlo des fois non ? T'es pas le roi des hirondelles non ma saloperie ?... »

Il en a pas dit davantage l'interlocuteur, il avait encore trop sommeil, il est retombé tout d'une masse dans le tréfonds du trou. Il a repris son ronflement. On était pas mal à vrai dire.

C'était chaud dans le fond de la mouscaille, gras et même berceur. Seulement on se trouvait trop serrés, surtout avec les casques, les éperons, les sabres, les aciers qui se coinçaient de traviole dans les membres, vous crevaient les côtes.

Mon voisin le ronfleur, Lambelluch, il s'est encore réveillé en sursaut atroce, sa carabine lui tordait le cou, il se trouvait net étranglé.

Il a bondi hors du trou, il hurlait au secours !

61

« Tant pis les gars ! J'en peux plus, je descends au poste ! Je vais y dire qu'on a perdu le mot.

— Malheur maudit cave si tu bouges ! Ça sera une bouillie ! De la compote ! Tu vas voir un peu la musique ! »

Il s'est incliné sous la menace, il s'est renfourné dans le purin, peinard, maté.

Le crottin autour de nous, de plus en plus culminait. Ça se collait bien avec l'urine, ça faisait des remblais solides, des épaisses croûtes bien compactes. Ça déboulinait seulement quand L'Arcille en rapportait. Ça croulait alors sur nous, dans l'intérieur, dans les fissures, ça comblait tout peu à peu. L'Arcille à chaque navette de crottes il venait nous remonter le moral.

Mais j'avais trop de mal à tenir, à pas périr d'étouffement pour bien écouter ses paroles. Je butais dans le fond de l'entonnoir, sous l'amas des viandes entravées, boudinées, malades, souquées dans les épaisseurs, les manteaux humides fumants, tenaillées entre les fourreaux, les crosses, les objets inconnus.

Une grosse coquille à cinq branches me raclait le revers de la tête, me faisait loucher de douleur. Ça devenait tocard comme gîte. Ils pétaient à tire-boyaux les ratatinés, en plein dans le tas, tant que ça pouvait, des vraies rafales bombardières, à plus entendre même l'écurie.

L'Arcille voulait rire encore. Il se penchait sur notre crevasse, il nous menaçait plaisamment.

« L'Arcille tu vas te faire écorcher ! mon bancal à travers la gueule ! »

Keriben surtout qu'était fou. Il extirpait déjà sa latte...

Tout le remblai s'était écroulé... On a tout pris sur le manchon. On s'est enfouis davantage. Il fallait étouffer en tas.

C'est le sommeil qui me gênait le plus. J'avais beau me défendre en clignant. Je cédais à force. Le souci me réveillait encore... Je voulais retrouver le « mot » perdu... Il me rongeait maintenant, le mot de l'escouade. Peu à peu ils ronflaient les autres... Ils s'en foutaient qu'on retrouve plus le mot. Ils pesaient de plus en plus lourd... Ils m'empêchaient de venir à l'air... Je suffoquais... J'étais le têtard.

Celui qu'était juste devant moi, qui m'écrasait le plus, il s'est agité soudainement, il s'est mis à me bourrer de coups de bottes, il avait soif. L'odeur du fumier qu'est terrible, si âcre que ça vous râpe la gorge, que ça vous force à renifler, rauque et profond comme une vache.

« À boire ! L'Arcille ! à boire ! Bandit ! »

Comme ça il a braillé perdu celui qui m'écrasait si dur.

« Voilà pour vos soifs ! »

En réponse il a basculé toute sa hotte dans notre crevasse, L'Arcille.

« T'en as bandit ! T'en as donc ! T'en as plein !

— D'où qu'il se trouve alors, cré cochons ?

— Dans ton bordel eh ! canaille ! »

Ils montraient tous le coffre d'avoine... Ils étaient absolument sûrs !

« Et puis alors ? qu'il s'est rebiffé. On me le donne à moi le pichteau ? La cantine elle me fait des cadeaux ?

— On te le rendra tout samedi ! Une rincette ! L'Arcille ! Un gorgeon ! Tu laisses périr les malheureux ! Maquereau maudit, foutu chien !

— Jamais moi vivant zen aurez ! Caltez si vous voulez boire ! L'abreuvoir dehors il est grand ! Le tôlier moi il me donne rien ! Je suis pas le Jésus de la cantine ! Ça vaut seize sous un litre comme ça ! dans tous les pays ! Les seize sous d'abord à ma botte ! Pas de picaillons pas de piquette ! Vous pouvez crever, pourrir gueule ouverte ! »

Y a eu du profond silence. Personne répliquait. Il nous tourmentait à la soif.

« Alors votre bleu vous le piquez pas ? Il est pas bon pour seize sous lui la caille ? C'est peut-être un fils à papa ! Eh ! le loustic ! L'est bourré peut-être ! Amène voir tes économies ! C'est le moment d'arroser les hommes ! »

J'en râlais dans le tréfonds de la cuve tellement je me trouvais comprimé. Ça devenait de la crevaison sûre.

Tout de même je suis parvenu à tirer mon argent de ma poche.

« L'Arcille ! L'Arcille ! saloperie fiote ! Amène-le voir ton poison ! Bleusaille passe-lui tes sous à l'homme ! »

Pour s'extirper de la tourbe fumante, émerger de l'imbroglio, c'était un tintouin infect, des contorsions d'agonie. Enfin le litre est venu tout de même. On se l'est passé à la ronde. Personne m'a remercié. Au contraire.

« Les vendus ils devraient tous périr ! » qu'ils ont déclaré bien d'accord.

L'Arcille il chantait de l'autre bord, dans l'autre aile de l'écurie :

Les pommes de terre pour les cochons !
Toutes les ordures pour les Bretons !
À la nigousse ! gousse ! gousse !

Il était heureux de son refrain. Il le faisait sonner jusqu'aux portes. Y a eu encore grand étouffement.

« Kérouër ! Kérouër ! Secoue, sale brute ! C'est toi qui nous fais étrangler ! »

Kérouër il était dans le gouffre, tout au fond, les pieds en l'air. À force d'être comprimé au

65

jus, d'un coup son corps a fait bouchon, il a
rejailli hors du tas. Il a émergé tout hagard.
La soif est revenue impérieuse. Ils ont rebu…
encore un autre litre. Ils devenaient de plus
en plus mauvais. Ils m'en promettaient des
terribles des épreuves, dans tous les genres.

« T'iras à l'école du Peloton ! Tu le connais
pas le tonnerre en chef ? La crème de pire de
fin fumier ? Attends qu'il te racole Lacadent !
Ma peau tu la pleureras ta mère ! Tu vas voir
un peu ce voyage ! Dressage ! mon gars ! T'as
pas fini ! À Biribi que ça te fera les os ! T'iras
labourer les déserts ! »

Il fallait encore que j'arrose. Ce coup-là ils
ont retourné mes poches, ils ont scruté les
doublures… au falot… si je gardais rien… Il
me restait trente et cinq francs en pièces de
vingt et dix sous.

Un joyeux vivat.

« Mais que t'es plâtré petit sale ! Ah ! le
coucou ! Voyez ce vice ! »

L'Arcille a passé sa réserve, encore un litre
et puis deux autres qu'il a retrouvés au fond de
l'avoine. Il avait le goût de crottin son blanc, et
puis aigre, amer, glacé, impitoyable. Des fris-
sons affreux !

« Ah ! Ça réveille ! qu'ils ont remarqué ! Ça
va mieux ! »

Ils ont repris tout de suite confiance. Le
Moël, un des nôtres, et L'Arcille, ils sont repar-

tis tourbillonner au fond de l'écurie, au revers
des bat-flanc, à la chasse aux crottes. Tout au
bout là-bas des ténèbres, dans la buée ils s'agi-
taient. Ils piquaient la nuit avec leurs falots, on
aurait dit des papillons. Ils avaient des ailes de
lumière. Ils revenaient de-ci de-là. C'était féeri-
que leurs ébats... comme des passages de feux
follets à trembloter d'une ombre à l'autre.

Ils ont arrimé trois civières puis ils sont revenus nous causer.

« Je le vois bien moi votre Meheu ! Il est fin
noir à l'heure présente !... Pas plus de mot de
passe que de beurre au chouet ! Je vous vois
tous gandins au Conseil ! Ribote ! Ribote ! Ça
biche ! Tranquille ! Sous le châlit de son pote
l'en écrase ! Ça cuve ! Quand il est mûr il
bouge plus ! Je le connais le pompon ! Pardon ! Tranquille ! Je vais encore me monter
une civière ! Ça me fait mal de vous regarder ! Je parie une thune qu'il reviendra pas !
Pour la dalle c'est le roi des champions ! »

Il a recherché quand même un peu avant
de se relancer au trafic, si il le retrouvait pas
lui, le mot... après tout... quand même. Il en
a fait une petite pause, arc-bouté, pensif, ren-
versé sur sa fourche.

« Moi, qu'il dit en fin de compte après avoir
bien réfléchi... Moi j'ai eu deux fois "Ma-
genta" quand j'ai pris la consigne aux Pou-
dres... Et puis encore une fois d'avant j'ai eu

67

"Charlemagne"... C'est le doublard qui me
l'avait écrit... Mais les enfants, c'est aux
manœuvres qu'on a eu alors du chinois ! J'ai
eu "Pyramide" moi ! "Pyramide" un coup et
puis "Renoncule" ! Ça c'était un coup d'assassin "Renoncule" ? Hein ? Pas ? Je l'ai retenu
moi ! C'est mon fort moi la mémoire ! Moi,
deux fois à l'Opéra je retiens tout ! Tous les
airs ! L'année d'avant à Sissonne y en a eu un
autre... un mot ! mes petites têtes ! Mais alors
un traquenard olpet ! que personne a rappelé
sauf moi !... C'est Orfize qui l'avait donné, le
chef du Quatre, pour baiser les bleus, sûr exprès ! Y a eu deux cents jours de caisse rien
que dans la semaine, tellement qu'il était fumier le mot, tellement qu'ils ont eu de la gou-
rance ! Vous saurez jamais les lapins le genre
que c'était la vacherie... "Malplaquette" que
ça faisait. Je m'en rappelle maintenant... Au
moment que je m'en rappelais plus ! Eh, les
hommes ! Écoutez ça ! Juste la veille que je devais passer infirmier ! C'était mis à la Décision ! Puni ! Tout aux chiots ! C'est comme ça
l'état militaire ! Il se la secoue, il se ronge les
sangs, les nuits après l'autre, il saura jamais au
réveil d'où comment qu'il va se faire sucrer !...
la pauvre pelure ! "Fixe ! qu'il me fait alors
l'autre puant. Vous rappelez pas ? Comptez
m'en quinze pour commencer ! Vous avez je
dis perdu le mot !" Un ! deux ! trois ! quatre !

que j'obéis… "Ça va ! Ça va ! Vous m'en ferez trente !" Mon affectation elle se taillait. Adieu ! Salut ! Monsieur le Major ! Vous me verrez plus ! Salut la tisane ! Camomille ! Ma gueule retourne au manège ! Marron ! La gradaille c'est mis sur la terre que pour faire crever le mirliton ! Je sais ce que je cause ! Je suis payé ! Y a des malheureux partout, mais la façon la plus pire c'est de briffer gros comme ça de la fouasse pour un sou par jour ! Que je dis ! Que je cause ! Bonjour ! Au revoir, monsieur l'Hôpital ! Et chiez donc Bonnes sœurs ! Pauvres de nous ! Bêtes maudites ! Vivement la guerre qu'on se tue ! Pauvres de nous ! Bêtes à mitraille ! École à feu ! Il a bien fait de muter l'infect ! Doublard ! Orfize de mon cœur ! Je l'encadrais ! Je lui faisais la cravate des dimanches avec son boyau ! Et voilà ! Parole d'ancien ! »

Il se souvenait encore d'autre chose…

« Que tu passais dans le quartier que tu le reniflais tout du bout… de l'horloge… tellement il cognait de sa vacherie ! Jamais on peut croire une vérole comme homme à ce point-là… Pas d'erreur !… »

Les compagnons du fond de la fiente, ils pouvaient pas eux en causer de l'Orfize, de cette quintessence. Aucun ne l'avait connu. Ça remontait trop loin dans les classes. L'Arcille c'était un vétéran d'ancien… il m'a expliqué…

avec des chiées à la traîne... des rabiots à n'en plus finir... qu'il en sortirait jamais ! Il lui est remonté des scrupules à force de causer. Il s'est remis à réfléchir.

« Tiens, m'en revient encore un les hommes ! Un encore plus criminel ! Le Métrévent du Quatrième ! Ah ! Jamais connu pire chacal ! Non ! C'est pas possible ! Merde ! que j'oublie l'autre ravageur ! Ah ! dis donc moi la conasse ! Le Blizard ! Le voilà tiens le plus beau oiseau ! Le Blizard ! Le fourrier du Second ! Parfaitement ! Tu peux pas rêver un plus assassin ! »

Ils râlaient mes voisins dans le trou que L'Arcille discourait toujours, ça les empêchait de ronfler...

« Dort ? Dort quoi ? Dort de quoi ? Je dors pas moi ! Il va vous faire dormir Rancotte ! Attendez un peu qu'il s'apporte ! C'est pas fini votre concert ! »

Je me rendais compte du péril. J'ai encore trouvé des sous dans la doublure de mon raglan. C'était le moyen de l'apaiser... Je mets ma thune sur le coffre...

« Il est plâtré le bleu, c'est exact !...

— Va-t'en quérir un autre L'Arcille ! Du rouge ! du rouge ! qu'ils ont hurlé.

— Du rouge ! Vous y allez pépère ! Du rouge ! Où que je vais le trouver ?

— Va-t'en au casernement !

— À l'heure qu'il est ? Que je me fous moi dans le Rancotte ? "Où qu'elle est planquée ma patrouille ? Sacré nom de Dieu ?" voilà comme il me cause !

— Je vas te faire les manières Parisien ! » qu'il a menacé Lambelluch, pour en terminer des discours.

L'Arcille il en était perplexe. On voyait un peu sa tête dans les reflets du falot. Il émergeait, dans ses guenilles, juste au-dessus de la crête du purin.

« T'as qu'à foncer chez Le Croach, l'en a toujours dans son puce... Y ronfle dessus le gros cochon !... Tu le verses... Tu décarres, tu le ramènes ! Youp ! Zoust ! l'Haricot ! Saute ! »

L'Arcille il se l'est tenu pour dit, c'était plus le moment de faire joujou. Il s'est engoncé dans ses frusques. Il a rabattu son calot. Il a démarré cahotant... Il a disparu dans le noir... Il nous a laissé sa lanterne.

Les chevaux ils devaient reprendre un peu de forces... Ils avaient bourré depuis minuit, soulevé des trempes si furieuses d'un bout à l'autre des litières que jamais on aurait pu croire qu'il resterait un bout de matériel... Mais ça se tassait quand même... ça venait plus que des braiments, quelques coups de bottes... Il nous arrivait un petit froid, une

grelotterie d'avant l'aube, qu'était à s'en casser les dents. Ils l'avaient amer dans le trou...

« Ah ! Le Meheu dis donc l'ordure ! Tu
parles d'un phénomène de con ! L'en a un
crime le cannibal ! Taillé comme un pet !
C'est pas du flan ! Une vraie loufe ! L'Arcille
qu'a raison ! Y reviendra jamais ! Trissé aussi
le fin marlou ! Pendant qu'on périt nous ça se
saoule ! Un brigadier qui perd le mot ça devrait se casser comme du verre. »

Rancotte, sûr qu'il fumait atroce après sa
patrouille. Ça ferait certain des tragédies le règlement de comptes. Ils en avaient tous les
foies dans le fond de la planque, rien que d'y
penser. Ils se rendaient compte. Ça grelottait
de plus en plus.

C'est pas du vin que j'aurais voulu, ni de la
gniole, mais du café chaud, bouillant.

Les gayes ont repiqué au tam-tam, ils ont recommencé un orage, un trafalgar à tout broyer,
à démolir le bordel... Ils devaient se réchauffer
aussi. Ça s'écroulait de tous les côtés, toute la
ferraille, chaînes, palans, tout le bobinard *vlada-
bang ! boum ! vlach !* à la cascade ! Sonnez voltige ! On n'osait pas encore bouger, enfouis
dans le pétrin, figés par les crampes, entravés
dans les panoplies, repliés en quatre, en huit,
dans le fond de la mouscaille.

L'Arcille revenait toujours pas. Ça devenait
affreux. Le Moël il était au naufrage, il avait

pas la fermeté. Toute son écurie sens dessus dessous. Les bourdons se bagarraient horrible. Y en avait trois culbutés sur le dos tout en bataille sous le pylône du milieu. Tout le bacchanal, poutres, haubans, chaînes, leur déboulinait sur la panse. Les autres carcans ils ruaient dans le vide si haut, si ardents, enragés, que ça piaulait plein les ténèbres. Un vrai sabbat des cavales... Deux biques qui se décrochent, renaudent, foncent, dépècent la mangeoire, dévalent, fauchent tout au galop. Juste sur nous, elles butent, bronchent, s'affalent... On est défoncés dans notre trou, noyés, écrabouillés sous l'avalanche... On rampe sous la catastrophe, on sort de là comme des mulots par l'étroit tunnel en pleine chiasse. Dehors on voit comment ça se passe... que l'écurie est en décombres... qu'ils se filent des pâtées atroces, que ça gicle et sonne le tonnerre. Ils se croquent les crinières les bourdons, ils s'arrachent des vifs morceaux de viande. Ça saigne, éclabousse.

« Raccrochez ! les hommes ! Raccrochez ! qu'il hurle Le Moël dans l'ouragan, on va au malheur ! »

Ils marchent pas les autres pour se montrer.

« Qu'on va se faire gauler pour ta tronche ! Trimard en tenue fine ! Pardon ! »

73

Tout de même un nommé Kérouër s'est élancé dans la pagaye, il a agrippé un cheval, le plus fracassant, le plus écumeux, il l'a souqué aux oreilles, maté la bique, tassé, ployé, il nous l'a ramené au falot, en force.

Beng ! Plang ! Voilà l'énorme porte qui branle, les deux battants dinguent grands ouverts.

« Garde d'écurie ! Garde d'écurie ! »

Dare-dare on rapplique tous au coffre, on replonge, on se replanque. Du coup les carnes elles profitent, c'est la cavalcade. Sauve qui peut, ça se trisse à la charge, ça déferle à pleins pavés...

C'est un écho de tonnerre de Dieu à travers les bâtiments. Ça répercute plein la nuit. Quand même on entend hurler « Garde d'écurie ! ». Ça se rapproche. C'est Le Meheu. C'est sa voix. Il titube avec sa lanterne. Il redescend de chez son pote.

« Pas d'erreur enfants ! J'ai tout bu ! C'était bien du rouge ! »

Il tangue, il vacille, il verse. Il veut escalader le coffre pour dormir maintenant il annonce. Il se raccroche, il dérape, il s'étale... il nous insulte, il nous défie.

« Les hommes ! Pas la parole ! Personne ! Brigadier Le Meheu ! Garde d'écurie ! L'Arcille ! vous descendrez aux locaux ! gros jobard ! salopard ! »

Il a des hoquets... il peut plus... il remet ça quand même.

« Le capitaine ! le capitaine ! Fixe ! Capitaine ! Mettez-moi donc votre jugulaire capitaine ! Garde-à-vous ! Simple capitaine ! À moi ! Ah pas encore général ! Mon lapin ! Nom de Dieu ! non ! pas encore. »

Il en a après le capitaine, il se rétablit un peu d'aplomb, arc-bouté contre le mur. Il nous mime comment il lui cause au capitaine, avec l'expression pas commode, pas à rigoler. La lumière lui arrive de biais. Il nous joue la comédie. C'est toute la scène à lui tout seul. Une situation périlleuse.

« Alors capitaine la réserve ? Hein la réserve ?... Faites-moi donner la réserve ! Nom d'un chien ! Coup de sabre en avant vers la gauche ! »

Sur ce mot-là il dégaine très grandiosement... et *zip*... et *zoup*... Ça zèbre l'air ! Encore ! Ça vibre ! ça siffle ! Et tant que ça peut ! Le voilà en pleine action ! C'est un tourbillon, une furie ! L'air autour de lui gémit, piaule... Et que je t'assène, flamberge, assomme, siffle, abats l'espace.

Mais l'emportement le décale, il flanche, verse, s'écroule. Quand même il poursuit sa harangue, abattu il déconne toujours.

« Brigadier qu'il me répond, je vous vois cassant les cailloux dans un grand désert !...

— Comme j'ai soif mon capitaine, j'aurai pas plus soif qu'en ce moment dans le troufignon de votre troufigneux désert, dans le moment que je vous cause ! Comme ma grand-mère a toujours dit "Reste jamais à rien faire Meheu !". Fixe ! mon capitaine ! Avec votre respect sommes d'accord ! Rompez ! »

On pouvait plus du tout le retenir dans la gaudriole.

« Rapport de la Brigade ! Salut ! Je vous parle du saucisson ! Oui parfaitement mon général ! La soif qu'est le cœur du saucisson ! Désert ? Désert ? qu'il me fait comme ça... Tous les déserts en saucisson ! Soif ! Présent ! mon général ! Brigadier Le Meheu ! Troisième escouade ! Rend ses galons ! Chauffez la pépie ! Fermez le ban !

— Debout ! Meheu ! Debout ! sale andouille ! »

Le Moël il voulait le faire relever.

« Il est trois heures ! Le quart dis donc ! Il va s'amener tu vas voir ! »

Mais il tenait à son monologue Meheu, il voulait pas démordre.

« Non que j'y fais mon général ! Vous avez pas le droit de me toucher !

« — Je vous casse Brigadier, je vous casse !

« — Vous pouvez vous les foutre au cul.

« — C'est pas poli ! Fixe ! qu'il me répond ! C'est pas joli de causer comme ça ! Je vous vois double !

« — Vous êtes noir mon général ! Par la foi de Meheu Jules Ernest Charles François, je vous dégrade militaire ! Qu'est-ce que vous avez à redire ? Mon général ! Jules Ernest Le Meheu pour vous servir, de Kerdavonen Finistère, Le Meheu l'est beau comme une bite ! Tout bien tout honneur ! Respect au grand saint Roman ! La décision du Rapport ! Les bleus ont plus une goutte de sang ! C'est la fin de la cavalerie ! Mon général tout est perdu ! Plus une goutte de crache dans le bec ! L'ennemi est vainqueur ! Tous qu'on va périr par la soif ! C'est notre foutue punition ! Vous ferai casser les cailloux jusqu'à la fin de la Saint-Glinglin ! la mort de vos putains de jours ! Tenez les hommes ! Écoutez-le ! Ça me soulève le cœur ! »

Exactement il dégueulait à gros glouglous, plein la litière, par râles et saccades.

« Non mon général ! Non mon général ! »

Il protestait. Il s'est recampé, debout, tout regorgeant plein sa houppelande. Il voulait nous pisser dessus.

« Je vas vous éteindre, mes chers enfants ! » qu'il nous annonce.

Il a essayé de grimper, il se raccroche après le toit du coffre. Il culbute, il repart à dame, il se répand sur le carrelage, il se fracasse avec sa quincaille.

À ce moment juste voilà que ça hurle une folie furieuse dehors, une rage à casser des vitres.

« Alors ! alors ! Ce charogne ! Où qu'il est ce foutu salaud ! Voyou ! Cochon ! Garde d'écurie ! À ma botte ! crapule ! »

C'était pas une petite colère.

« L'Arcille ! L'Arcille ! Et votre boutique ! Alors ! La consigne ! Où que vous êtes ? Et l'appel ? L'appel ! »

Y avait pas de doute. C'était bien lui. C'était le Rancotte… On s'est encore ratatinés un peu plus et davantage, comprimés dans le fond du réduit. Il aboyait de plus en plus, de rage.

« Meheu ! Meheu ! M'entendez-vous ? Faut-il que j'arrive ? Assassin ! Brigadier Meheu ! »

Ça a pas traîné davantage. Il a surgi par la porte, gueule tonnante, avec sa patrouille au cul. Il arrive en plein, il fonce dans le noir, dans les ténèbres. Il passe juste à côté de notre planque. Il voit personne. Il va rugir un peu plus loin.

« Garde d'écurie ! Garde d'écurie ! »

Ça répond du bout des travées.

« Présent Maréchaogi ! Présent ! »

Juste c'est L'Arcille qui se rapporte avec les bouteilles. Il tombe dessus.

« Te voici alors mon joyeux ! Attends ma petite tête ! Attends mon arsouille ! Ah ! Tu veux me faire gueuler plus fort ! Je vais t'en

78

donner moi de la piquette ! Abandon de poste mon petit zouave ! Ah ! T'as pas fini de cracher le sang ! T'as pas vu Le Meheu des fois ?

— Non Maréchaogi !

— Et tes chevaux alors tu les as pas vus non plus ?

— Non Maréchaogi !

— Moi je les ai vus tiens tu m'entends ! Sur l'esplanade qu'ils s'amusaient, en train de se faire l'école à pied ! *Tagadam ! Tagadam !* Oui ! C'est coquet ! Tout fonctionne ! Vous êtes un merveilleux salaud ! Je vais vous gâter moi crème d'ordure ! Beauté du Bagne ! Huit jours pour vos chevaux et le motif ! Menteur le plus dévergondé de toute la brigade ! Le zigoto ! Huit jours de mieux ! Cache la vérité honteuse à son sous-officier de semaine ! Et ça n'est pas tout ! Destruction du matériel ! Regardez-moi cette confiture ! ce boxon pourri ! 30 dont 15 ! C'est un cas de conseil !

« Garde à vous vermines ! Heun ! deux ! Heun ! deux ! »

Il ramenait toute sa patrouille dans notre direction, tous les hommes de relève. Ils balançaient sur le fond du noir tous les falots en girandoles. Ils avaient pris toutes les lumières pour rechercher le disparu.

On l'a entendu rugir encore là-bas très loin au diable, Rancotte.

« Il est au troisième escadron !... qu'il a remarqué Lambelluch, sa gueule porte au nord !... Il va revenir... Ça vaudrait mieux les hommes qu'on se magne... Il sera au poste avant nous ! »

Tout le monde pour une fois fut d'avis que c'était le mieux de risquer la chance... le tout pour le tout... On s'est extirpés de la tanière... On était recouverts de crottins, des croûtes si épaisses, qu'il a fallu pour décoller se filer des trempes abominables, des baffes à sonner un cheval...

Pendant comme ça qu'on s'arrangeait L'Arcille est revenu du poste... Il chaloupait énormément... Il causait toujours.

« C'est fait les amis ! C'est fait les grosses bises ! Si con comme devant le Rancotte ! Il peut le chercher son brigadier ! À moi ! qu'il m'en a posé quinze ! La pauvre victime ! Voilà ! C'est entendu ! C'est écrit. Le règlement de l'intérieur ? Chiez donc Bonnes sœurs ! C'est du 315 au réveil ! Les bleus l'ont douce cette année ! Code militaire ! C'est la Révolution fainéante ! Les bleus bougent plus ! Tout le monde pagé ! Mes chères cocottes ! L'ancien qui crève au sacrifice ! Le bleu qui ronfle ! C'est la mode !

« "L'Arcille vous en aurez quinze ! Vous êtes saoul !

« — Saoul du malheur ! Maréchaogi !"

« Les bleus au page ! L'ancien qui meurt à la peine ! C'est l'injustice véritable !

« "Retournez à votre écurie ! Quand j'aurai retrouvé Le Meheu, je vous descendrai au ballon ! moi-même !

« "Ah ! Ah ! Ah ! Je voudrais vous voir !

« "Rompez dégoûtant !

« "Parfaitement mon général ! De mon temps les hommes ! La classe 7 ! À quatre plombes tous les Russes en l'air ! À l'écurie les rigolos ! Allez ! Hop ! Youp ! au balai ! Et que ça fume ! Et du service ! Dressage pine de mouche ! Maintenant qu'elle se les roule la bleusaille ! Pardon ! C'est l'ancien qui périt ! C'est lui qui fonce ! Au tapin ! Le pauvre martyr ! Le Russe il attend la trompette !... Le petit noir au lit ! Vous caillez pas mes petits chouchous ! Ronflez ! Je suis là ! messieurs, mesdames !" »

Il avait encore beaucoup de choses à récriminer L'Arcille, mais il pouvait plus, la pépie lui pâtait la langue... Un autre compère est survenu, le garde d'écurie d'à côté, qu'avait entendu parler de soif... Il était pas content non plus.

« Alors ? Alors ? Vos grandes gueules ! Les bourdons ils ont peut-être pas soif, eux ? Vous pouvez pas me faire l'abreuvoir au lieu d'abouler vos conneries ! Si c'est les bleus qui les sortent c'est la galopade, la charge, il en revient pas un !... C'est encore le bouic !... Je suis têtard !... ils ont les poignes en guimauve... ils perdent tout... ma litière sera faite pendant le temps... »

L'homme de jus s'est annoncé avec sa cruche et son quart. Il a fallu secouer Lambelluch. Il était retombé en sommeil au fond de la crevasse.

Ça recommençait à discuter quand est survenu encore au fond un terrible vacarme. C'était Le Meheu éperdu... qui radinait à la charge, s'engouffrait dans la porte ouverte... et le sous-off à ses trousses...

« Brigadier ! Brigadier ! Halte ! Cochon ! À ma botte ! Entendez-vous ! Halte, bandit ! »

Ils écumaient sur le parcours, soufflaient, râlaient, au pas de course.

« Voilà Maréchaogi ! Voilà Maréchaogi ! »

Mais il continuait à se sauver en zigzag.

« Meheu ! Meheu ! Ralliement ! »

Il a fait alors un écart comme pour obéir, une espèce de volte, il en dérapa dans l'oblique, il s'est emmêlé dans sa latte, il a dégainé sans le vouloir. Tout a suivi dans la culbute. Un éboulement sur la lanterne... un affreux fracas de quincaille. Le Rancotte a eu que le temps de s'enlever, un coup de rein de cabri, par-dessus le brigadier en vrac. Il a percuté comme une bombe en plein dans notre tas. Il se débourbe, il nous aperçoit au fond de l'antre... là tous racornis, tous les huit... Il se frotte les yeux... il s'écarquille... il en croit pas ses propres sens...

« Tout le monde ici ! À ma botte ! Garde d'écurie ! Au galop ! »

Il en râle du feu ! Il ameute.

« Garde d'écurie ! Nom de foutre ! Mais qu'est-ce que c'est ? Dans votre purin ? Voilà du nouveau ! de la jolie farce ! Bouquet ! Très bien ! Devinette ! C'est gagné ! Tous nos gaillards ! Ah ! Parfaitement ! Ah ! Surprise ! Mais on ne s'en fait plus ! Mais non ! Je me disais aussi... Ça bouille ! Garde à vous ! Fixe ! Charognes ivres ! »

Je me sens extirpé par mon froc. J'émerge, je surnage. Les autres ils rampent comme ils peuvent. Ils se déhottent du bourbier tiède.

« Ah ! Mais je les retrouve au nid mes petits oiseaux ! »

Rancotte il jubile comme on est hagards, hoquetants sous les éboulements de la camelote, ça le met en triomphale humeur.

« Bravo ! Bravo ! Fameux service ! C'est mariole tout ça mes petits piafs ! Mais oui ! Mais oui ! Parfaitement ! Ah ! Vous êtes saoul Brigadier ! Ah ! Biribi ! Ah ! fines allures ! Vous perdez pas pour attendre ! Raide comme balle ! Oui mon oiseau ! Oui je vous étends ! Minute ! Minute ! J'arrive ! Dehors tout le monde ! Comptez-vous quatre ! Je vois roussir vos matricules ! Un ! Deux ! Trois ! Quatre ! C'est la nouba ! Je vais vous régaler ! Avant ! Herche ! »

Dans les cahots, les pavés, on a fait vinaigre vers le poste. Y avait du tangage dans l'allure. Il arpentait à côté de moi Rancotte. Il m'engueulait tout spécialement.

« Et le bleu qu'était dans le coup aussi ! Évidemment ! C'est un vrai beurre ! C'est magnifique ! Il est fadé le ouistiti ! »

Il me relevait exprès son falot en plein dans la face, tout en poulopant. Je voyais plus rien.

« Il est extra ! Il est fameux ! Il cogne le raton ! Je l'ai senti tout de suite ! Il va se cacher dans l'ordure ! Ah ! le zoulou ! il est complet ! Le fin phénomène ! »

Il me posait des questions d'un pavé sur l'autre...

« Alors dis donc un peu truffe comment que je m'appelle ? Hein, dis voir tout de suite, malotru ? Comment que je me nomme ? Un ! Deux ! Un ! Deux ! Au pas la godille ! Comment que tu dis ?... »

Il asticotait la cadence... Ça le turlupinait subitement si j'allais bien retenir son nom. On est arrivés devant la grille.

« Halte ! À vos rangs ! L'appel ! Fixe !

— Lambelluch !

— Présent !

— Brezounec !

— Présent !

— Kersuzon !... »

Il a eu tous les noms sauf un : Le Coster...
Il l'a rappelé deux trois fois... Personne répondait...

« Où qu'il est votre homme Meheu ?... Ça
va bien ! Ça continue !... »

Silence. Il était pas là.

« Planton à la poudrière... qu'a marmonné
quelqu'un dans le rang.

— À la poudrière ?... Planton ? Ah ! il
étouffe le Rancotte ! suffocation ! la pou ?...
pou ?... que vous dites ?... Personne l'a relevé ? Mais nom de Dieu de juterie de foutre !
Mais Brigadier, mais j'entends dingue ! Pas
relevé la poudrière ? Ah ! Alors ça pardon
Meheu ! Que je vous retrouve noir, mûr,
écœurant ! Brigadier ! Ça va pas mieux ! Mais
alors pardon mille excuses ! Coster aux pou-
dres depuis hier soir !... »

Il en restait exorbité de ce trafalgar fantastique !

Il agrippait, reposait le falot. Il se bourrait,
il se pinçait les cuisses...

« Je rêve ! Je rêve ! C'est fantastique ! Alors
votre individu il est là-bas depuis 10 heures ?... Mais vous êtes un monstre Le Meheu ! Que je vous regarde ! Venez ici ! Arrivez
là ! »

Il l'a fait se rapprocher tout près, encore
plus près ! contre sa lanterne, pour mieux lui
regarder la figure.

« Depuis hier au soir qu'il attend ? Ah ! Mais… Mais dites donc ! De… Depuis hier soir ! »

Il en bégayait de stupeur… C'était pas imaginable…

« Dites donc alors Le Meheu, où que vous étiez ? Vous avez relevé personne ? »

Il le questionnait à voix basse… Ça devenait vraiment tragique.

« C'est le mot… Maréchaogi…

— Le mot ! Le mot quoi ?

— Le mot qu'on n'était pas d'accord…

— Vous l'avez perdu. Jean-foutre ! Ça y est ! J'y suis !… Vous l'a… vez… per… du ? Voilà comment ça finit le vice ! Vous avez quoi dans la tête ? Hein bourrique ? Hein maladie ? »

Ça recommençait les fureurs. Il nous hurlait tout son dégoût !

« Rentrez ! Nom de Dieu ! Rentrez tous ! Que j'en repoisse un à la traîne je le descends aux fers ! Il remontera jamais ! Recta ! »

Toute la cohorte d'un seul élan s'est enfournée dans la porte, tout le bacchanal, ferraille, lattes, crosses à la clinquette plein les murs. Ça sonnait. Meheu il ramait en dernier, cahin-caha, il bredouillait des pauvres excuses.

Une fois retassés dans le corps de garde ce ne fut pas fini la séance. Il nous a remis ça Rancotte en rugissements et menaces, toujours sur notre indignité.

« Rhoo ! Rhoo ! Aaa ! qu'il faisait. Mais c'est la mort du service ! Positif ! Pas Dieu possible ! Des nom de Dieu de maquereaux de trous du cul pareils ! Brigadier ! Brigadier ! Rhoo ! Rhââ !... »

Il s'en étranglait de pression de colère.

« Si l'officier de garde est passé ! Hein ? Alors là ! Dites-moi donc tous ! Mon affaire ! N'est-ce pas ? Mon affaire ! Et le mot alors ! Le Meheu ? Barré ! Fumée ? Cherchez Meheu ! Cherchez ! C'est l'instant ! La minute ! Au réveil je vous descends au chose ! Ah ! ça alors vous gagnez ! Souillon ! Vous gagnez ! L'avez pas mis dans la table, des fois, le mot ? Non ? Déconnez girouette ! Déconnez ! »

Il était pas dans la table... Ils ont eu beau trifouiller, déplisser les bouts de paperasse, retourner encore les tiroirs... Y était pas le mot... Dans le registre des entrants non plus... Rien.

Les hommes du poste qu'étaient vautrés, l'effectif de garde à ronfler, dans le fond de la litière, il a fallu que tout ça se traîne, que ça s'extraye du roupillon. Ils s'en ébrouaient comme des chiens. Ils étaient tout recouverts de paille, en se débattant ça s'envolait, partout autour, des petits nuages... Le plus pénible, à leurs grimaces, c'était pour remettre leurs basanes et puis leurs éperons dans le bon sens. Ils en tiraient tous la langue, à bout. Ce qui frappait le plus dans cette carrée, c'était l'odeur forte, à pas croire, à défaillir, le rat crevé, l'œuf pourri, la vieille urine.

La lampe sur la table, elle fumait, elle faisait bien plus de suie que de lumière. Ça tournoyait au plafond.

Rancotte a foncé sur le registre pour voir les choses d'encore plus près. Il l'a même saisi à deux mains, l'a secoué un bon coup pour en faire tomber le mot... Un petit griffouillis quelconque...

« Et les autres Meheu ? Comment vous les avez relevés ? Les autres ? alors ? Dites donc ? Comment ?

— Je les ai pas relevés Maréchaogi...

— Pas relevés que vous dites ? Tous vos factionnaires ? Pas relevés ? Ils y sont encore ? Mille cinq cents putains de wagons de foutre ! Depuis hier au soir ?... Aaaah !... Oh !... Ooooh ! Ooooh ! »

Il en chantait du coup Rancotte, de cette révélation folle.

Tout égaré, écarquillé, il retrouvait plus ses paroles...

« Ah !... Vous !... Dix heures !... Ah !... Ma... Maaa... Hoe !... »

Ses hoquets même qu'arrivaient plus... Ils loupaient au bord... Il est revenu vers le bat-flanc... À coups de bottes il a dégagé... Ça lui a fait un espace... Il arpentait si rageusement qu'il en cassait des petits carreaux à grands coups de talon... Ils éclataient tout autour... Un vrai cyclone dans le local... Il me dépasse... Il me frôle... Il s'arrête.

« Toi la bleusaille tu comprends ça ? Tu la saisis la musique ? Couenne ? C'est pas ça de la haute école ? Hein dis, la mords-moi, je te le demande ? T'en sais rien ? T'es pur ? Plein la peau que je dis du vice ! Où que je le retrouve, messieurs mesdames ? L'oiseau bleu ? Je vous le donne en mille ! Garde à vous faux jeton ! Garde à vous ! Je vous recauserai tout à l'heure !... »

Il est parti menacer plus loin.

« Ah ! Le Meheu mon arsouille ! Vous me la payerez la plaisanterie ! Toute la farce ! Vous y coupez pas ! Pardon ! Tourniquet ! Je vais vous rendre la mémoire mon cœur ! Plein comme une outre ! Voilà le gradé que je supporte ! Vous vous expliquerez au Conseil ! Ils vous comprendront tout de suite ! Ah ! Il a perdu la cervelle ! Ah ! Il a plus sa mémoire ! Je vais vous en rajuster une autre ! Extra garantie fin de vos jours ! Une en peau de vache vous m'entendez ? Imperméable aux courants d'air ! Saloperie criminelle ! Des souvenirs grands comme ça ! Mais oui ! »

Il lui montrait les dimensions, fantastiques, effrayantes, immenses.

Les hommes de garde ils parlaient plus. Ils

s'étaient retassés dans le bat-flanc, avachis les uns dans les autres, écroulés encore un bon coup, sonnés mat par le sommeil. Y en avait plus que pour le Rancotte et sa fulminance.

« Alors vous le cherchez nom de Dieu ! Où qu'il est votre mot bandit ? »

Il arrêtait plus de hurler des choses qu'avaient plus du tout de sens. Il était tout vibrant de colère, ses jambes en tremblaient. Ça me faisait regarder ses bottes, ajustées, fines, miroitantes. Les hommes eux ils étaient lourds des aplombs, tout en basanes godaillantes, pataudes, étalées, des éléphants.

« Alors tu sais rien toi guirlande ? »

C'est après moi qu'il en avait encore un petit coup.

« Vous êtes hardi de puer comme ça, qu'il me fait, mon garçon... »

Il était vraiment pince-sans-rire. J'aurais bien voulu rire aussi, mais le sommeil me pesait trop, la tête en bois, en plomb, en fièvre, en gadoue. Voilà qu'à ce moment précis Le Meheu qu'était si prostré il lui passe un soubresaut. Il se requinque, il braille :

« Maréchaogi ! Maréchaogi ! Ça y est ! J'y suis ! C'est une fleur !

— Une fleur ? »

Il a du succès. Ils se tiennent plus dans la litière, tellement qu'ils trouvent ça marrant, ils s'en convulsent, ils s'en broyent.

« Une fleur ! Une fleur ! Il est noir ! Ça peut pas être ! C'est pas un mot !

— Si ! Si ! qu'il rebiffe alors Meheu, parfaitement ! Si ! C'est une fleur ! Ça y est ! J'y est !

— T'y es quoi ?

— Une fleur de jonquière ! Je suis tranquille ! C'est Jonquière !

— Jonquière ? Jonquière ?... Ça veut rien dire !...

— Mais si que ça veut dire très bien ! Jonquière ! Jonquille !...

— C'est pas une bataille hé jonquille !

— C'est pas une bataille ? Merde ! Vos gueules.

— Meheu ! Vous ramenez que des conneries. Il dessaoule pas ce chienlit-là ! Vous êtes pire que tout Brigadier ! Je vous en raconterai moi une d'histoire ! Attendez minute ! ma bille ! »

Tout le monde s'est revautré dans la paille. Il était pas tout à fait l'heure.

Meheu il s'obstinait quand même, il se raccrochait à son « Jonquille ». Il était sûr que c'était le mot... le vrai, le mot perdu.

« Au jour j'irai le relever, qu'il annonçait comme ça, buté, râleux dans son froc.

— Au jour, je vous descendrai au chose... » qu'il a répondu Rancotte, tout sec, tout posé.

Il est retourné encore au registre, il a retrifouillé dans les pages... Il a enlevé, remis son képi... Il se palpait le crâne... Il avait plus beaucoup de cheveux... Deux mèches collées au-dessus de l'oreille gauche. Il a redémanché le tiroir. Il s'obstinait...

« Maquereaux pourris ! C'est quelque chose ! Ah ! Mon garçon ! Je suis pas saoul moi ! Vous salissez vos galons Brigadier ! Vous m'en direz des nouvelles ! Vous allez voir cette voltige ! Que je tourne en bourrique ? Pardon ! Vous serez cassé Brigadier ! Parole garantie ! Et que ça sera pas une surprise ! »

Meheu sur le rebord des planches, peinard à présent, accroupi, il se farfouillait le coin des paupières, il s'extirpait les petites mites. Ça paraissait plus le concerner l'accablante déveine. Il était trop occupé avec ses trouvailles, à se grignoter le dedans des ongles.

Mais voilà le sous-officier qui sursaute. Un coup de soif qui l'étrangle encore.

« Mon quart ! Mon quart ! Nom d'une braise ! Mon quart à la botte ! »

Personne pouvait le retrouver.

« Où qu'est mon quart les ravageurs ? »

Tout le monde le cherchait.

« Le planton ! Planton ! Mon quart ! Brutes ! »

Le planton il gisait dans le tréfonds, ronflant, le ventre en l'air. Il bougeait plus. Il était resté comme ça pendant tous les hurlements, les bras en croix. Rien à faire pour qu'il se remue.

« Saute planton ! Bourrique ! Vas-tu bondir fainéantise ! Merde ! Où que tu l'as étouffé mon quart ? »

Il répondait rien.

« Ma parole il est rond ce veau ! Encore pire que le reste ! »

Il se dérangeait pas. Il avait une tenue commode pour pouvoir dormir le planton, pas de casque, pas de sabre, pas de carabine, gêné par rien. Le margis ça l'a remis en transe une dégueulasse tenue pareille.

« Je me disais : C'est extraordinaire, je le vois plus ! Parbleu ! Il est perdu saoul ! Ah ! Pardon ! J'ai la collection complète ! Écoutez-moi cette musique ! Celui-là il casse la forge ! Secouez-le ! Toi là-bas, Jérôme ! »

Tout le monde l'a secoué, cogné, botté le planton. À la fin, à force de baffes, il a bougé un tout petit peu. Il s'est arrêté de ronfler. Mais voilà alors qu'il se contracte en boule, et *pflac !* Il se détend terrible ! *Pfang !* à défoncer le mur ! On rigole plus.

Ses bras tournoyent, des moulinets. Il brasse la paille en bourrasques, ça s'envole dans toute la pièce. Il se cramponne, il gigote encore, il pousse des cris d'égorgé. La mousse lui monte à la bouche, des bulles, sa tête devient toute

violette. Ça va mal. Il reste les yeux écarquillés, à la renverse, la langue sortie.

Rancotte ça l'excède, ces manières.

« Dites donc, nom de Dieu, Brigadier,
qu'est-ce que ça veut dire ? Qu'est-ce qu'il a
bu cet homme-là ? »

Personne répondait.

« Qui c'est qui couche dans son escouade ?

— Moi Maréchaogi ! Moi Blemaque François du Troisième ! je l'ai pas vu pareil comme
ça. Deux ans qu'il est à mon escouade... la
quatre de la deux du Trois. Jamais vu comme
ça.

— Très bien ! Très bonne réponse Blemaque. »

Mais voilà qu'à cet instant même il se redresse, il se raidit le planton, il écarquille
encore les yeux, il nous fixe, il pousse un cri,
une épouvante, un déchirement de tout son
corps. Ça n'en finit plus. Et puis il retombe,
il s'abat sur le flanc encore, il recommence,
des gémissements, des saccades.

Tout le poste vient autour dessus, discuter.

Rancotte impose le silence.

« Regardez-moi cette grimace ! Mais qu'est-
ce qu'il a bu ce sale ours ? Mais c'est pas de
la gniole, pas possible ! Mais c'est du vinaigre ! C'est de la peinture ! C'est du poison !
Mais il va crever cette engeance ! »

C'est vrai qu'il était laid à voir, le planton,

pas rassurant, de la manière qu'il se crispait, qu'il s'étranglait dans le fourrage. Il faisait affreux.

Personne osait plus le toucher. Rancotte il en a eu marre.

« C'est de la comédie ! Merde ! Ça va ! Mon quart ! Cochon ! Que t'en as fait ? Tu m'entends voyou ? »

Il lui posait la question. Mais l'autre il se convulsait toujours, il râlait de plus en plus farouche.

« Il a pas des fois le haut mal ? » qu'a demandé comme ça Lambelluch. Puis il s'est mis dans les détails, à la réflexion...

« Bastien qu'était tailleur au Trois... Arthur... qu'était au P.H. R. après... il se l'attrapait du dedans de la langue... il fut mon ancien deux ans... quand ça le saisissait... il se mordait dedans... à pleins crocs... que j'y ai vu des morceaux partis... "Faut me la sortir ! qu'il me disait... Quand ça me prend faut me la sortir !..." J'y sortais avec ma fourchette... Arthur Bastien... Il tournait tout noir... Celui-là il se la pompe la langue... il se l'emmène au fond.

— Je vais vous emmener moi aussi ! Allez-vous vous taire, Lambelluch ! Haut mal de mes burnes ! Caltez ! Allez me remplir le seau ! la cruche ! Je vais vous le réveiller moi le chinois ! Je vais vous apprendre moi les malices ! Allez. Yop ! »

Comme fut dit fut fait. Toute la flotte des cruches en pleine face. Ça alors ça l'a réveillé ! Une autre cruche ! Ça l'a assis ! d'une seule pièce, la gueule ouverte ! Il pouvait plus sortir un cri. Les yeux en lotos. Il étranglait de terreur. Il grelottait, il dégoulinait de toute la flotte.

Il est parvenu à gémir... Il en avait après sa mère.

« Manman... ma... man... ma... »

Du violet il est passé jaune, puis vert aux oreilles.

Il nous regardait... nous voyait pas... Il s'est remis à déconner.

« Do... donne... moi... gli... glisse. »

Il faisait l'enfant, le petit conneau. C'est ça qu'il demandait : du gliglisse...

« Maman... Mam... mam... du gli... glisse...

— Je vais t'en foutre moi du gligisse ! Me-heu ! Le broc ! Passez-moi le broc ! »

Une potée alors en pleine poire !... une violence... Ça éclabousse tout !...

« Ma man ! Ma man ! qu'il hurle alors... mam... man... Mar... gue... rite... »

Ça alors c'est du nouveau. Meheu il sursaute, il tient plus, il exulte de joie, subitement, il trépigne autour, il est forcené...

« Le mot ! qu'il s'excite ! Le mot !

— Le mot quoi ?

— Le mot ! »

— C'est ça ?

— Le mot. Le mot ! C'est celui-là !...

— Le mot ? »

Rancotte il était pas d'accord. Ça lui disait rien « Marguerite ».

« Meheu vous êtes ivre ! Taisez-vous ! Ça veut rien dire "Marguerite" ! C'est pas une bataille "Marguerite" ! Je suis pas ivrogne moi Brigadier ! Vous êtes mûr ! Vous déconnez ! Vous vous moquez de moi à présent ? Vous faites de la fantaisie ? »

Mais le planton arrêtait pas, il était en crise de partout, il saccadait comme un crapaud, il lui remontait du liquide, de la grosse vinasse, des glouglous et puis plein d'écume... et puis entre encore... « Marguerite »... il y tenait... il finissait pas...

« Marguerite !... » il gémissait.

Les hommes ça les faisait discuter si c'était vraiment « Marguerite » le mot ?

C'était celui-là ? C'était autre chose ?

Ils pouvaient pas décider...

Rancotte il était positif... « Marguerite » ça n'existait pas... C'était comme « Jonquille »... C'était encore une autre salade... un déconnage de poivrot...

« Ah ! Je suis aux oignons avec vous ! Ah ! C'est un bonheur ! Vous avez pas trouvé autre chose ? »

Les hommes quand même ils insistaient, ils voulaient pas en démordre que c'était bien leur mot : « Marguerite ».

« C'est encore un nom de putain ! Ils pensent qu'au cul ces voyous-là ! C'est-y du service ? »

Il en voulait pas Rancotte du mot « Marguerite », pas plus que « Jonquille »...

Le planton, dans le coin, il remettait ça, il recommençait à gémir, à défoncer le matériel, bavant, dégueulant partout. Lambelluch il le quittait plus, il restait penché sur sa tête.

« Le haut mal ! les gars ! qu'il s'esclaffe soudain, le haut mal ! Ça y est ! Il se la mord ! »

C'était un fait, c'était bien juste, il se la mordait ! et pas qu'un peu... Il en avait plein les dents, un hachis, de sa langue ! et puis saignant à flots... Il a fallu qu'on lui extirpe. Ce ne fut pas une petite affaire...

Le temps passait.

Rancotte il était excédé par toute cette pagaye, cette jacasserie, de haut mal...

« Merde ! Allez houp ! Meheu ! En l'air ! On liquide ! "Marguerite" ! "Jonquille" ! Je m'en fous ! Vous m'entendez, je m'en torche ! Merde ! C'est marre ! Ça suffit ! Si il tire ça sera pour votre pot ! Caltez ! Maniez ! Houp ! Gi ! Dare-dare ! À la poudrière ! Veau cuit ! Je veux plus vous entendre moi. Merde ! Je veux plus vous voir ! Relevez-le votre homme ! Chiasse de mouche ! Si il vous bute vous le verrez bien ! Ce que ça va donner votre "Jonquille" ! Votre "Marguerite" ! Votre petite sœur ! Taillez ! Voltez ! Je veux plus attendre ! On la verra votre mémoire ! Avec votre mot à la mords-moi ! »

Il s'élançait déjà Meheu, le sous-off l'a arrêté pile.

« Hep ! Hep ! Hep ! Vous passerez par l'infirmerie ! en retournant ! Si vous êtes pas mort ! Qu'ils viennent me l'enlever ce planton de poisse ! Avec une civière ! C'est compris ? Votre phénomène de haut mal ! Toutes les veines ! Je jouis ! Le mot ! Le planton ! Les soûlographes ! Tout à moi ! Tout pour moi ! Sautez mon ami ! Chargez ! Bonne chance ! Bon vent ! »

Le Meheu il hésitait. Il partait plus du bon pied.

« Allez oust ! Vous l'avez voulu ! Daredare ! Que ça fume ! au galop ! »

Alors il s'est décidé, on l'a entendu Meheu, très loin, là-bas, dans le noir, bondir, pouloper le long des écuries, avec ses deux hommes d'escorte, leurs sabres à la traîne, boquillons, barder dans les murs.

Notre porte était restée ouverte, Rancotte il voulait que le froid rentre.

« L'air ça fait du bien aux malades ! »

Il répétait ça bien content.

« Il aime pas l'eau ! Il prendra l'air ! »

Il s'est repenché sur le planton.

« Toi mon zoulou ! Mon tire au cul ! Si tu me reviens pas reconnu ! Si tu retournes fleur de la visite ! c'est du sang que je te ferai vomir ! Je te la ferai dégueuler ta vie ! Individu de vice ! »

Il le prévenait gentiment.

« Je t'attends à la sortie ! »

Ils se filaient des torgnioles terribles les hommes dans le réduit. C'était le moment de se remettre d'attaque, de chasser le sommeil. Mon veston il était à tordre de flotte et de purin, tellement rétréci qu'il tenait plus fermé.

Rancotte qui retourne au pétard, il tient plus en place, il fulmine, il regarde sa montre, ça l'exorbite !

« Réveil ! Nom de Dieu ! Réveil ! Trompette ! Maudit fifre ! »

Le trompette il fonce, il s'engouffre, il est dehors, le sous-off de loin l'exhorte.

« Je veux que ça crève les nuages, tu m'entends Biniou ! Je veux que ça passe par-dessus les arbres ! Je veux que ça casse les branches ! Je veux qu'on t'entende au polygone ! Je veux que ça réveille le Président ! Mais que tu me foires un seul couac ! Alors tu vas voir la mouillette ! Tu la verras ta permission ! Ta queue de vache ! Tes épaulettes ! Tu me feras les manœuvres à la forge ! À pied ! Je te ferai périr du brasier ! J'ai dit ! d'incendie de la soif à pied ! Que tu me foires un seul couac ! Vas-y ! Et puis d'abord ! Rassemblement ! En l'air toute la frime ! Rassemblement ! À ma botte ! Sur Lambelluch ! Alignez ! Comptez-vous quatre ! »

Ce fut la ruée sur Lambelluch déjà posté sous la flotte.

« Un ! Deux ! Trois ! Quatre ! »

Rancotte il était empêtré à cause de son ceinturon, il arrivait pas à le boucler, son sabre lui battait dans les jambes. Il a fallu qu'il enlève tout, qu'il rafistole sa culotte.

Le mot l'énervait toujours... Ça passait pas ce « Marguerite »... Il continuait à ronchonner en trifouillant dans son caleçon...

« On verra ça ! On va voir "Marguerite" !... Mon cul ! "Marguerite" ! Ça va !... C'est un monde tout de même !... »

Il m'avise au bout de la rangée, en pantaine.

« La brosse ! au trot ! Miniature ! Un coup d'huile ! Du nerf ! Mes bottes ! »

Je comprends ! Je vois l'objet offert. Il attrape la table, il se coince sur le rebord. Je m'y mets, je décrotte, je fais mon possible.

« Plus haut ! Allez ! Crache ! Jus ! Vas-y ! La poigne ! Andouille ! La poigne ! Tu pelotes ! Du miroir ! Que je me voye dedans ! »

Je faisais de mon mieux. Ça donnait pas des merveilles. J'étais beaucoup trop fatigué, pas dormi du tout.

« Faudra que tu recommences ! La gondole ! Allez youst ! Taille ! À ton rang ! Ça brille comme mes burnes ! »

Je me suis encore précipité. Il faisait pas bon dans la file, figés dans le vent aigre.

« Il est pas revenu Le Meheu ?... Personne a rien entendu ? »

Non ça rien, alors... rien du tout...

« Merde ! J'ai plus le temps ! Sonnez trompette ! »

Elle a bondi dans les échos... toute crépitante, la ritournelle... Elle revenait sur nous en zigzag... Elle retombait en éclats durs... plein l'ombre... plein le quartier... plein les tuiles.

Il a recommencé une fois... deux fois... trois fois... quatre... le trompette...

« C'est pas extra ça dis l'enflé ?... Écoute un petit peu sang d'amour ! »

Il m'interpellait Rancotte.

« Ça te secoue rien ? Écoute ! Écoute ! C'est pas du réglo... C'est du genre ! La tante il me la sonne en fanfare ! Je suis pas saoul ! Fantoche ! C'est bien ! Je dis rien ! Ça va ! C'est du cœur ! »

Il attend que ça se termine, que ça aye fini de frétiller cette pointue rageuse cuivrerie.

Devant le grand miroir au mur il se refaisait un peu de toilette, il s'est arrangé les cheveux, il les a repoissés au crachat, en mèche plate, sur le milieu du front.

On attendait nous que ça se termine, on se tenait bien raides sous la pluie.

Il était loin devant nous le trompette, il sonnait là-bas dans la brume, presque au milieu de l'esplanade, son cornet dardé vers l'horloge.

Il a remis ça encore une fois, tout le rigodon, en aigre, filé, sec, à droite à gauche, puis dans l'oblique.

« T'as pas fini ! Karvic ! La merde ! qu'il a beuglé à bout Rancotte ! T'es remonté ma vache ! »

Le temps de piquer le cric sur la table, il s'en était jeté un petit coup, une rincette de gniole, au bidon, à la sauvette ! Il en soufflait de chaleur « Hoouh ! Hoouh ! ». Il faisait de la buée comme un cheval.

Le trompette il arrêtait pas... *Ti ! ga ! ta !...* *pam !... Ta ! ga ! pam !...*

À en ricaner de chair de poule, tellement qu'il envoyait ça aigre Karvic... Ça frétillait dans l'aube froide.

Arrive au galop un bolide, une masse en trombe... *Pag à dam ! Pag à dam ! Wrang !* Au ras juste la bête braque pile, dérape, fait flamme des quatre fers... Elle reste plantée devant le trompette, soufflante, reniflante, figée de peur. Il a fallu la faire sauver.

Rancotte il était hors de lui, du tableau.

« Regardez-moi ces deux boudins ! Si c'est pas du crime ! Merde ! À moi tout, alors ! À moi ! Vas-tu carrer dis chiure à pattes. *Brooouh ! Chiaaou !* »

Et puis des moulinets furieux à se décrocher les épaules. Elle s'en allait pas la bête, les yeux énormes, une épouvante.

Enfin d'un seul coup elle s'est reprise, elle a repiqué, bourré, foncé, fondu vers l'autre bord ! Une rafale. Elle s'est emportée dans l'air.

Karvic a envoyé la fin, deux appels aigus... tout au bout de son cuivre... deux flèches vers les toits...

Alors tout autour de nous il a sorti comme des yeux... des choses dans la brume... des mille fenêtres... à vous regarder... des reflets je crois... des reflets... Il faisait presque jour à présent. Ça pâlissait d'en haut... des toits... et tout le quartier... les murs... la chaux...

Karvic a rallié en vitesse, il secouait sa musique en courant, pour la bave, les gouttes.

Ce chapitre de Casse-pipe *a été publié pour la première fois par Robert Poulet, en 1959, dans ses* Entretiens familiers avec L.-F. Céline *réédités en 1971 sous le titre* Mon ami Bardamu (*Librairie Plon*).

Par l'effet d'une coïncidence, je suis tombé chez Le Meheu, à son escouade, la « une du Trois ».

Le lieutenant Portat des Oncelles commandait le peloton. Quand il arrivait pour la reprise, c'était presque toujours la fin, les exercices au grand trot. Il se plaçait près des obstacles, le garde-manège à sa botte. Il parlait jamais aux hommes, un petit peu seulement aux sous-off, quelques mots par-ci par-là. Il attendait le grand déclenchement, les hécatombes en série. Il regardait foncer les montures, s'emboutir, effondrer le bastringue. Ça le faisait plus du tout tiquer les plus effarants tamponnages, les disloqueries les plus tuantes, ça le laissait rêveur. Il attendait que tout le monde y passe

105

à la catastrophe, que toute la reprise déglingue en vrac, bourdons, bonshommes, fourniment, que tout ça bascule fantastique, crève le paravent des arbustes, s'arrache, rebondisse dans l'espace, s'éparpille au vol plein le terreau, laboure toute la sciure, éclabousse.

Pendant deux ans que j'ai pilé le sang à la « une du Trois », jamais il m'a dit un seul mot le lieutenant Portat des Oncelles. Il a fallu vraiment la guerre pour qu'il m'adresse la parole et que ça soye les circonstances, le moment vraiment bien tragique.

« Ferdinand ! » Je le vois encore, désarçonné, le dos contre une borne, bafouillant tout blême. « Ferdinand ! Passez-moi donc vos allumettes... »

On s'était fait bien arroser par un petit poste d'infanterie au passage... On rentrait de reconnaissance, à la queue leuleu. On était tombés dessus sans le voir. Il avait son compte des Oncelles. Le sang lui découlait à flots de dessous sa cuirasse.

J'exécute, je saute à terre... mais il a pas le temps de me la prendre ma boîte d'allumettes. Il s'écroule d'une pièce en avant... il s'est raplati sur ses bottes. Y avait plus à tergiverser... Ça sifflait de partout. Les Fritz nous encadraient encore. On a rescaladé nos ours. On s'est dropés à sauve qui peut. On n'a pu rallier le régiment qu'à la nuit tombante. On avait plus de carte ni de boussole. Tout était resté sur le lieutenant. On s'est orientés à l'estime, à tâtons, au vent des balles pour ainsi dire.

*

Il devait pas être tellement féroce, de nature... Il écrasait pas au motif le lieutenant Portat des Oncelles... J'essaye de me souvenir. C'est bien difficile de se rendre compte après des années de distance... Lequel qu'était le plus bourrique de toute la gradaille ?... Vraiment ? Des cinq escadrons si dresseurs ? que ça arrêtait pas de sévir du matin au soir, à perte de raisons, de baratiner le trèpe fourbu... L'hallali des hommes... sous les rafales d'engueulades... du fond des crèches aux écuries... de la cuistance aux manèges. Ça n'arrêtait pas.

Je le vois encore des Oncelles sur la bride, près du chandelier, les recrues en chapelets qui trottinaient... la farandole qui commence... le train qui s'emballe... tout le monde en l'air !... Guignols partout !

En long, en large, en travers que j'ai circulé, moi Ferdinand Belzebuth, entre les jambes de mon tréteau... à toutes les allures... pas... trot... charge... plus qu'à demi-démonté... raccroché sens dessus dessous... J'ai branlé le

107

cul en compote... breloque dans tous les re-
dans du manège.

J'ai pris des châtaignes si affreuses que j'en
ai eu le bassin parti, racorni, remboîté en
miettes, la tête propulsée dans la fronde...
raccrochée par les éperons, les genoux retour-
nés dans le derrière, les pieds plein les yeux,
le nez dans le ventre du bétail.

Et tout à l'envers ! On liquide ! Panique !
En l'air ! En haut ! Les poutres ! Les abîmes !
Les creux du vertige ! Des bonds plus énormes que les toits ! Des sursauts à revoir le
ciel ! La vie des entrailles en cyclone, la tripe
en pleine barbouillure, brassée, gluante, tour-
niquée... pilée ramponneaux... remontée en
gorge... répandue dégoulinante en haut du vi-
trail... le long du blindage, en compote, par
l'effet du triple galop...

C'est la mer furieuse sens dessus dessous, la
tempête à sauve qui peut. Tous les raccrochés
par les poils, en bas dans la sciure écarquillent,
caracoleux, les nuages du pétrin plein la vue,
jusqu'à l'instant où tout désosse, s'arrache,
disloque, propage à dame, s'épanouit ! bonhomme ! sanfrusquin ! pigeon vole ! bascule !
vidés ! labourent pendus ! au ventrail hurlent ! à
folles embardées, arrachent encore ! Ravinent à
mort plein les sabots ! Épouvantable spectacle !

S'il arrive que je divague, loin des tempêtes à
présent, des avalanches, du mauvais sort, c'est

d'avoir trop raclé ma tête dans tous les bastringues des pourtours, d'avoir trop fendu la camelote avec mon tarin, à vif, dans toutes les pistes au galop, de tous les manèges au 16°, au petit bonheur des biques folles, à la frénésie chevaline. Je me suis senti battant de cloche pendant des années, le crâne en gong pour ainsi dire. Je titube encore de la mémoire. Je peux plus voir un cheval en peinture ! La vie du Guignol au suicide. La ronde continue ! Je sens qu'on me soulève ! Et youp dada ! Le carrousel qui s'emporte ! Le long des murailles ça dévale... Tous les gayes à la saute cabri !

D'en dessous, étreignant à l'envers l'univers, mon fier « Papillon », à pleine panse, je le vois là-bas dans les sursauts... le capitaine Dagomart... J'ai que le temps de l'apercevoir tellement que ça débouline... à travers les nuées de la sciure... Je le vois... à travers l'étouffement, l'horreur... le capitaine Dagomart... c'est lui... c'est bien lui... à chaque foulée c'est plus certain... Je cramponne aux poils, aux quartiers. Je suis emballé dans la rafale, dans un tonnerre trépignant, dans les éclairs de la ferrure...

Le capitaine Dagomart au point que je suis basculé, je dirais qu'il vogue sur l'océan... Je le vois à la pêche tout en l'air... Il ondule en folle farandole... Je le passe à la charge... Ça ronfle... C'est le tonnerre dans les manèges.

« Ferdinand ! Ferdinand ! » Je l'entends… Je crois l'entendre…

« Où est-il encore ce pitre ? » Il demande au sous-off… Il me voit pas en dessous…

Je vais pas lui répondre. Je suis embouti dans les parois, raplati, relancé dans la trempe, repris dans l'enchevêtrement, raccroché au crible des sabots, les ferrures m'emportent, pilé vif, je suis roulotté, farci lambeaux, laminé en poudre. J'évapore.

*

Le capitaine Dagomart, son képi accordéon, haut par-derrière, démesuré, ratatiné sur les sourcils, la viscope mauvaise, il nous guette. Je vois ses joues, des ombres à faire peur, des creux de squelette. Il pèse rien sur son tréteau. Il devrait vider d'un écart. Il est tout collé au contraire, soudé par les cuisses, du métal. C'est un véritable centaure. Il est fameux dans les concours. Des coupes et des coupes. On le connaît dans tous les pays, jusqu'en Amérique. Sur son alezan « Rubicon », faut le voir au travail, et même sur son doublard « Ortie ». Il est l'orgueil du régiment pour la haute école.

Soudain, il entre au manège, il vient voir un peu la recrue, se rendre compte des progrès. Il dit rien, il se porte près de la barre, il attend que tout le monde y passe à la catapulte, que toute la clique démantibule, s'emporte, écroule la balustrade, que la viande folle chavire en vrac à travers les sciures.

Quand c'est fini les rigodons, qu'on est tous épars dans le pétrin, pagaye sens dessus dessous, bonshommes, bourriques embringués, en méli-mélo pas regardable, il clame un coup : « Manège ! » Très fort. « Garde ! La barre au dernier trou ! »

C'est le moment des performances.

Il relève ses pédales, croise sur l'encolure, étrives au garrot, un tour au tape-cul... d'abord... De sa poche il extirpe une pièce, deux ronds... il nous la fait voir... il se la coince sous les fesses... toujours trottinant... Tout doux il arrive sur l'obstacle... presque sans galop... *Flaff !* S'envole... franchit d'un coup d'aile... Il arrive pile en cabri... petit trot de même... mains basses... collé... petite volte... retour... de pied ferme enlève encore... l'énorme banquette... sans tiquer... dans les deux sens... comme ci... comme ça... une fois... deux fois... dix fois de même... barre tout en haut... un vrai oiseau... Il touche jamais... Monsieur descend... atterrit sec... monocle au port... Rien de nouveau !...

Il fait encore deux tours en piste... Il se reprend la pièce de sous les fesses... il la rejette au loin derrière lui.

111

« Garde-manège ! La porte ! »

Il sort tout raide, droit, trot piqué, sur la
bride. Il salue la reprise, grand salut, coude à
l'écart. Il regarde personne. Il part dehors, on
le voit là-bas, trottiner loin, disparaître, dans
la lumière crue... Il est bouffé par le grand
jour...

Le garde referme l'énorme lourde... rajuste
la barre au taquet... La fantasia continue... le
pied reprend la suite.

*

Le brigadier Le Meheu il était martyr des
furoncles. Toujours un autre qui lui perçait.
Ça lui mettait du pus partout. Au pied-à-terre,
à la manœuvre, pour décoller sa culotte, il
poussait des gueulements horribles. Il se montrait plus au major, il s'entaillait tout ça lui-
même, franchement, à plein lard, au couteau.
Pflac !

Il en avait eu des centaines de furoncles, un
peu partout. Il se pansait avec de la paille, du
cerfeuil et de l'ail. Jamais lui des cataplasmes,
des cochonneries à la bouse, il en voulait pas,
rien que du végétal, il en était fier. C'était
toute une cérémonie la confection des emplâ-
tres. Il prévenait les bleus.

« Les gars ! Les gars ! Voilà que ça me
perce ! une autre truffe sur le rebord du cul...

Demain elle sera mûre ! Le bleu qui la saute !
Pardon ! Qu'aime la sucrerie ! Je suis bonbon ! J'ai dit ! À ma botte l'oiseau qui se ré-
gale ! Qui qui se fait inscrire ? »

La recrue était bonne pour un litre chaque
fois qu'il se perçait un bubon... Tarif de la
chambre. Fallait que ça s'arrose. Toujours du
même blanc par exemple, le vrai de la cantine, le « souffle du feu »... Le Meheu en voulait pas d'autre. Celui de la ville ? une tisane !
un coco fade, une tromperie ! Le nôtre ? Pardon ! un embrasement ! Du volcan de poi-
trine ! Trois années de biberon vitriol ça vous
cuit l'âme pour l'existence.

Le brigadier comme tampon il tenait beaucoup à son Le Cam, la plus grosse tête de la
chambre, le plus petit polard par exemple,
une marrance, un escargot.

L'ancien tout de suite après Meheu, c'était
Lambelluch. Fallait respecter son paquetage.
Il pageait deux paillasses plus loin, au bout de
six bleus à la file. Ainsi sur les quatre ver-
sants, trois hommes de classe, trois pierrots,
ça faisait toute la crèche, seize hommes en
tout, la « trois du Deux ».

J'étais le seul de Paris, les autres ils venaient
du Finistère, peut-être deux trois des Côtes-
du-Nord. Ils avaient pas les yeux très francs,
mal ouverts, bleu lavé, pâles des pupilles,
les joues râpées, prises dans la masse, tout

113

aplaties, des plaques de rouge, le front hui-
leux, jaune. Ils se ressemblaient tous forte-
ment.

Ils venaient tout droit de la culture. Ils venaient faire les militaires. Ça les rendait tout
rêveurs, d'un rêve un peu d'animal. Ça les
faisait même balancer, dodeliner du chef dès
qu'ils s'arrêtaient un moment, qu'ils restaient
assis à polir au bout de leurs châlits. Le four-
reau, la coquille, leur tombait des mains, ils
rattrapaient l'objet au vol. Un rien les ber-
çait. Il leur passait des berlues rien qu'à bri-
quer la gourmette, les quincailles nickel, ça
les faisait hocher cligner. Ils aimaient pas
fixer le métal. Des fois ils en perdaient cons-
cience, ils s'affalaient sur le châlit, bascu-
laient, renversaient le bastringue, emmenés
par ce rêve d'intérieur.

Le cabot alors il bramait, à coups de
pompe il fonçait dans le tas, bonhomme, pa-
jot, bricoles à dame ! Et puis toute la cruche
par là-dessus, giclante, toute la flotte sur le
somnambule ! Tout le ménage à recommen-
cer. Encore vraiment beaucoup de fatigue en
plus des esquintements du jour.

Le plus délicat dans une bride, c'est la gourmette rendue miroir. À bon cavalier, gourmette étincelante. Voilà le fini du régiment.
Au sable d'abord, à la friction, puis au menu
tripoli. Acier poisseux, cauchemar de crasse,

enduit cochon, impardonnable. Toujours à mâcher, ruminer, bavocher encore, saloper sa bride, le vice du gaye, en catastrophe. Il arrête jamais, son tic éternel. C'est par l'attention subtilissime, l'écarquillement terrible intense, que l'homme pourchasse la petite rouille, décape sa tache au traître acier. Mais dans la tôle on y voit louche, on y voit goutte, la lampe est toujours démolie.

Les calebombes plantées aux paquetages, au fin bout des cuillers à soupe, répandent une fausse lueur, pas grand-chose. La ribambelle menue scintille, tremblotte sur le noir tout autour, emporte au plafond les découpes, les ombres énormes des bleus qui triment, qui gesticulent à plein boulot.

Meheu il se méfie des loustics. Le bleu qui fait le Jacques, qui lambine, il a droit au redressement d'autor, à la galoche rigodon. Ça y arrive en pleine poire, au vol. Meheu il y va pas de la main morte. C'est un artiste pour la mouche. Baisser, ramper, n'évite rien. Ça touche vache un sabot en fronde, le cuir du farceur il fait la bosse, surtout ricochet. Les anciens ils se pilent, ils s'esclaffent, ils en pissent de rigolade, tellement qu'ils trouvent ça drôle, suprême. C'est tous les voyous ravageurs, les anciens, des sanguinaires… plus ils ont de classes plus ils sont cons, plus ils sont butés, criminels.

Il faudrait que la bleusaille abreuve sans cesse ni répit, la nuit et le jour, à pied comme à cheval. Tout le temps pendus au goulot. Les pires alcooliques mendigots despotes, voilà les anciens au poil. Surtout à l'heure de l'appel qu'ils deviennent les pires ignominies. Au moment le plus délicat. Ils ont que des menaces dans la gueule, des accusations folles, horribles.

« La bleusaille qui pisse dans mon quart ? J'ai le goût tout pourri ! Sa faute ! Que je l'étrangle ! Ma langue tout charbon ! Bordel ! Au meurtre ! L'enculeux bleusaille ! Calamité du tonnerre ! Brutes ! Le premier qui loufe je le dépiaute ! Pourri ! Je lui passe le bout à la patience ! J'y ratatine son petit boudin ! Un pouet ! un pouet. Que je l'entende ! Que je le voye un peu celui qui ose ? »

Là-dessus il foire un furieux coup, une bombarde du tonnerre. Le truc est toujours triomphal, les bleus se cotisent à l'instant pour échapper à la torture, à la punition exemplaire.

Le mien d'ancien Le Croach Yves, il avait pas son pareil question d'asphyxie.

Ils existaient pas les autres à côté de lui comme pétomanes. Il stupéfiait. Fallait voir ce qu'il amenait comme loufes à volonté, comme rafales de gaz fantastiques.

Au pansage qui durait des heures, ça l'environnait comme d'un nuage, personne pouvait l'approcher. Même son gaye qu'en était malade, qui retroussait drôlement des babines, qui reniflait affreux.

Fallait se tenir à distance, à quinze pas au moins.

Il était reconnu comme champion. « Haricot » qu'ils l'appelaient les autres en plaisanterie. Y avait pas que l'odeur disgracieuse chez lui, sa figure aussi qui rebutait, une vraiment laide, rébarbative, des mâchoires d'une épaisseur, larges, renflées, mastocs comme des bêches, et puis sur le rebord des grandes croûtes, des pustules qu'il écorchait vif. Il arrêtait pas. Rien l'amadouait, rien lui disait. Il demeurait tel quel, renfrogné, hargneux, acharné après ses cuirs, rien occupé que de son barda. Il devait m'instruire soi-disant, d'après la coutume. Il me grognait de temps en temps des choses plutôt qu'il me causait. Il y tenait pas à m'instruire. Il voulait pas être responsable.

« Je commande rien moi ! Je commande pas ! Demande au cabot ! »

Toujours sa défaite. Il s'arrachait un grand bout de croûte, il replongeait dans son fourbi. Forcément à la fin du compte, c'est Le Meheu qu'héritait tout, les tracas pires abominables, les pires vapes, les plus tartes afurs, c'était pour sa gueule. Il dégustait pour ses galons, Jésus responsable au châlit, martyr inventaire.

Jamais une seconde de répit. Forcément à la fin bien sûr il perdait un petit peu patience.

Il en avait marre de rugir, de menacer tout le temps du motif. Même pour balayer la crèche, c'était déjà un tour de force à cause de l'instrument balai qu'avait plus de poils, à peine de manche, depuis des classes et des classes. L'arrosoir qui perdait de partout. Il demandait pas que ça soye pimpant Meheu, il demandait pas l'impossible, mais il voulait que ça soye mouillé, que la poussière voltige plus pour l'arrivée du sous-off.

Juste une minute avant l'appel, tout le monde ensemble crachait par terre, en même temps. Ça mouillait pas mal, le milieu au moins. La crèche encore c'était maniable, on arrivait à s'en tirer même avec des moyens sauvages, les difficultés atroces ça venait des brides, du foutoir, de la pagaye des parures, des ferrailles en vrac, des mille broquilles du harnais, jamais rassemblées correctes, des kilomètres à dévider, rassortir, les courroies filées serpentins, la bricole en pelotes cascadières, dégoulinantes plein la sellerie.

La veille des revues, trimard au crime... Que chaque bourdon retrouve ses cuirs, confus, falsifieux, tire-bouchons. Boucle en pur métal ! Œillet fin ! Gourmettes sémillantes ! Cauchemars et soucis ! Tout ça bien douteux, maquillé chinois sur les numéros !

Voir que le trousseau à « Finette » c'est pas « La Console » qui l'embarque, appréhender

118

que la sangle à « Pelure » se retrouve pas toujours sur « Volcan ».

Gafe aux rituelles confusions ! Carnaval de
sport et panique d'un bout à l'autre des escoua-
des la veille des paquetages. Faut voir alors les
clebs droper, rebondir après leurs navrants in-
ventaires, secouer à rien les reliquats. Se peigner
au sang pour des ordures. C'est la tragédie foire
d'empoigne. Récupérer ou mourir. Tout le long
des couloirs à tâtons éclatent des bagarres im-
placables, au fond des penderies on se tue. À la
sauvette, au ras des pages, la rafle passe, pille au
galop. C'est la trombe à travers la nuit. Les
bougies, de la violence s'envolent. Y a plus de
pitié, plus de préambule. C'est rapproprier qu'il
s'agit, son bien, sa goupille, prestigieusement,
poisser le bibelot, à la cueillette, au vertige, à la
fauche estouffe, par toutes les planques, tous les
recoins où les voyous enfouissent la came, aux
écuries, dissimulent en taupinières, les rabs de
nombreuses années, les dépareillés superbes, les
parures pour plusieurs remontes. C'est plus voleur qu'une bordée de pies, plus canaille qu'un
tréfonds d'égout, c'est le vice lui-même et plein
la peau un homme de trois classes. Faut voir ce
fiel, cette chicande, de crime dans la perfection
du larcin.

C'est pire que la transmutation. C'est de la
perversité magique, la féerie d'embrouilla-
mini, la carambouille sorcière des choses.

119

Trafiqueux butin, méconnaissable came, infini foutoir aux canailles où le diable tout maquille et troque ! Va mal ! Pister au fumet, à la trace, au soupçon tangent, l'étrille, la trousse dévergondée, le faux ardillon grand comme ça, le matricule plus rassurant, la triste louche dépareillure, la couverture pas catholique, la vraie culasse du truqué, pervers flingue... Pardon !

Ravages des chinoises damnations, à la chasse aux objets perdus, à tout périr de morfonderies, pourri des cauchemars frauduleux, balancé à vingt cordes molles fondues dans l'obscur. Noirs suicides de vingt brigadiers.

Carnet du cuirassier Destouches

Le 28 septembre 1912, Louis-Ferdinand Destouches s'engage pour trois ans au 12ᵉ cuirassiers en garnison à Rambouillet où il est incorporé le 3 octobre (cf. 13).

On peut donc dater de novembre à décembre 1913 (cf. 3 et 47) la rédaction de ce carnet intime.

1) Je ne saurais dire ce qui m'incite à porter en écrit ce que je pense.
2) À celui qui lira ces pages.
3) Cette triste soirée de novembre me reporte à treize mois plus tôt au temps de mon arrivée à Rambouillet, loin de me douter de ce qui m'attendait dans ce charmant séjour. Ai-je donc beaucoup changé depuis un an, je le crois,
5) car la vie de quartier au lieu de me plonger dans un état d'où je ne sortais alors que l'esprit bourré de résolutions, hélas, jamais réalisables, alors qu'aujourd'hui,
7) complètement façonné à la triste vie que nous menons, je suis empreint d'une mélancolie dans

laquelle j'évolue comme l'oiseau dans l'air ou le poisson dans l'eau.

Je n'ai jamais fait preuve d'érudition en aucune matière aussi.

9) Ces notes qui sont comme on en peut juger d'une pâleur diaphane ne sont que purement personnelles et c'est à seule fin de marquer dans ma vie une époque (peut-être remplie), la première vraiment pénible que j'aie traversée, mais peut-être pas la

11) dernière. C'est au hasard des jours que je remplis ces pages. Elles seront notées et empreintes d'un état d'esprit différent selon les jours ou les heures, car depuis mon incorporation j'ai subi de brusques sautes physiques et morales.

13) 3 octobre — Arrivée — Corps de garde rempli de sous-offs aux allures écrasantes. Cabots esbroufeurs. Incorporation dans un peloton, le 4e, Lt Le Moyne bon garçon, Coujon méchant faux comme un jeton —

15) le baron de Lagrange (officier sincère et bon mais légèrement atteint au moral par une nervosité et sujet à attaques dont il faudrait je crois rechercher les causes dans les libations excessives de la jeunesse).

17) C'est entouré de cet état-major bigarré que je fais mes premiers pas dans la vie militaire. Sans oublier Servat, un ancien cabot cassé... faux et brute, mêlant à un bagout de méridional vantard

19) une roublardise et un égoïsme étranges. Aucune gentillesse ne lui sera trop, et combien de fois j'ai mêlé à mes ennuis particuliers les siens ou ceux que je me crée pour lui ou pour lui en éviter,

21) depuis les dettes jusqu'aux vols dont je ne voulais pas m'apercevoir — mêlée à tout cela une nostalgie profonde de la liberté, état peu préparatoire à vous faciliter une instruction militaire.

23) Que de réveils horribles aux sons si faussement gais du trompette de garde vous présentant à l'esprit les rancœurs et les affres de la journée d'un bleu.

25) Ces descentes aux écuries dans la brume matinale. La sarabande des galoches dans l'escalier, la corvée d'écurie dans la pénombre. Quel noble métier que le métier des armes. Au fait les vrais sacrifices consistent

27) peut-être dans la manipulation du fumier à la lumière blafarde d'un falot crasseux?... Au cours des élèves brigadiers, pris en grippe par

29) un jeune officier plein de sang, en butte aux sarcasmes d'un sous-off abruti, ayant une peur innée du cheval, je ne fis pas long feu, et je commençais sérieusement à envisager la désertion qui devenait la seule échappatoire de ce calvaire.

31) Que de fois je suis remonté du pansage et tout seul sur mon lit, pris d'un immense désespoir, j'ai malgré mes dix-sept ans pleuré comme une première communiante. Alors j'ai senti que j'étais

33) vide, que mon énergie était de la gueule et qu'au fond de moi-même il n'y avait rien, que je n'étais pas *un homme* — je m'étais trop longtemps cru tel — peut-être beaucoup comme moi avant l'âge, peut-être beaucoup

35) le croient encore quoique plus vieux, et en de mêmes circonstances sentiraient aussi leur

cœur partir à la dérive comme une bouteille à
la mer ballottée par la vague les injures

37) et la croyance que cela ne finira jamais — alors
là vraiment j'ai souffert, aussi bien du mal présent que de mon infériorité virile et de la constater. J'ai senti que les grands discours que je
tenais un mois

39) plus tôt sur l'énergie juvénile n'étaient que fan-
faronnade et qu'au pied du mur je n'étais
qu'un malheureux transplanté ayant perdu la
moitié de ses facultés et ne se servant de celles
qui restent

41) que pour constater le néant de cette énergie.
C'est alors dans le fond de mon abîme que j'ai
pu me livrer aux quelques études sur moi-
même et sur mon âme, que l'on ne peut scru-
ter je crois

43) à fond (que) lorsqu'elle s'est livré combat. De
même dans les catastrophes on voit des hommes du meilleur monde piétiner les femmes et
s'avilir

45) comme le dernier des vagabonds. De même
j'ai vu mon âme se dévêtir soudain (de l')illu-
sion de stoïcisme dont ma conviction l'avait re-
couverte pour ne plus opposer que sa pauvre
[interrompu]

47) Qu'est-il au monde de plus triste qu'un après-
midi de décembre un dimanche au quartier ?
Et pourtant, cette tristesse qui me plonge dans
une mélancolie profonde, il me

49) coûte d'en sortir et il me semble que mon âme
est amollie, que je peux seulement en de telles
circonstances me voir tel que je suis. Suis(-je)
poétique (?) Non ! je ne le crois pas — seul

51) un fond de tristesse est au fond de moi-même et si je n'ai pas le courage de le chasser par une occupation quelconque, il prend bientôt des proportions énormes,

53) au point que cette mélancolie profonde ne tarde pas à recouvrir tous mes ennuis et se fond avec eux pour me torturer en mon for intérieur.

55) Je suis de sentiments complexes et sensitifs — la moindre faute de tact ou de délicatesse me choque et me fait souffrir car au fond de moi-

57) même je cache un fond d'orgueil qui me fait peur à moi-même — je veux dominer non par un pouvoir factice comme l'ascendance *[sic]* militaire, mais je veux

59) plus tard ou le plus tôt possible être un homme complet — le serai-je jamais, aurai-je la fortune nécessaire pour avoir cette facilité d'agir qui vous permet de vous éduquer ? Je veux obtenir par mes propres

61) moyens une situation de fortune qui me permette toutes mes fantaisies. Hélas serai-je éternellement libre et seul, ayant je crois le cœur trop

63) compliqué pour trouver une compagne que je puisse aimer longtemps ? Je ne le sais pas. Mais ce que je veux avant tout c'est vivre

65) une vie remplie d'incidents que j'espère la providence voudra placer sur ma route, et ne pas finir comme beaucoup ayant placé un *seul* pôle de continuité

67) amorphe sur une terre et dans une vie dont ils ne connaissent pas les détours qui vous permettent de se faire une éducation morale —

69) si je traverse de grandes crises que la vie me réserve peut-être, je serai moins malheureux
qu'un autre car je veux connaître et savoir,

70) en un mot je suis orgueilleux — est-ce un dé-
faut ? je ne le crois, et il me créera des déboires
ou peut-être la *Réussite*.

DU MÊME AUTEUR

Aux Éditions Gallimard

VOYAGE AU BOUT DE LA NUIT, *roman*, 1952 (Folio n° 28;
Folioplus classiques n° 60, *dossier et notes réalisés par Stéfan Ferrari,
lecture d'image par Agnès Verlet*)

L'ÉGLISE, *théâtre*, 1952

MORT À CRÉDIT, *roman*, 1952 (Folio n° 1692)

SEMMELWEIS 1818-1865, *essai*, 1952 (L'Imaginaire n° 406.
*Textes réunis par Jean-Pierre Dauphin et Henri Godard, préface
inédite de Philippe Sollers*, 1999)

GUIGNOL'S BAND, *roman*, 1952

FÉERIE POUR UNE AUTRE FOIS (FÉERIE POUR UNE
AUTRE FOIS, I, et NORMANCE/FÉERIE POUR UNE
AUTRE FOIS, II), *roman*, 1952 (Folio n° 2737)

ENTRETIENS AVEC LE PROFESSEUR Y, *essai*, 1955 (Folio
n° 2786, édition revue et corrigée)

D'UN CHÂTEAU L'AUTRE, *roman*, 1957 (Folio n° 776)

BALLETS SANS MUSIQUE, SANS PERSONNE, SANS
RIEN, *illustrations d'Éliane Bonabel*, 1959

LE PONT DE LONDRES (GUIGNOL'S BAND, II), *roman*,
1964 (Folio n° 2112)

NORD, *roman*, édition définitive en 1964 (Folio n° 851)

RIGODON, *roman*, 1969 (Folio n° 481)

CASSE-PIPE *suivi de* CARNET DU CUIRASSIER DES-
TOUCHES, *roman*, 1970 (Folio n° 666)

BALLETS SANS MUSIQUE, SANS PERSONNE, SANS
RIEN, *précédé de* SECRETS DANS L'ÎLE *et suivi de* PRO-
GRÈS (L'Imaginaire n° 442)

MAUDITS SOUPIRS POUR UNE AUTRE FOIS, *une version
primitive de* FÉERIE POUR UNE AUTRE FOIS, *roman*, 1985

LETTRES À LA N.R.F. (1931-1961), *correspondance*, 1991

LETTRES DE PRISON À LUCETTE DESTOUCHES ET
À MAÎTRE MIKKELSEN (1945-1947), *correspondance*, 1998

MAUDITS SOUPIRS POUR UNE AUTRE FOIS, *nouvelle
édition établie et présentée par Henri Godard, roman*, 2007 (L'Imaginaire n° 547)

Bibliothèque de la Pléiade

ROMANS. *Nouvelle édition présentée, établie et annotée par Henri
Godard*

    I. VOYAGE AU BOUT DE LA NUIT – MORT À
        CRÉDIT

    II. D'UN CHÂTEAU L'AUTRE – NORD – RIGODON
        – APPENDICES: LOUIS-FERDINAND CÉLINE
        VOUS PARLE – ENTRETIEN AVEC ALBERT
        ZBINDEN

    III. CASSE-PIPE – GUIGNOL'S BAND, I – GUI-
        GNOL'S BAND, II

    IV. FÉERIE POUR UNE AUTRE FOIS, I – FÉERIE
        POUR UNE AUTRE FOIS, II [NORMANCE] –
        ENTRETIENS AVEC LE PROFESSEUR Y

Cahiers Céline

    I. CÉLINE ET L'ACTUALITÉ LITTÉRAIRE, I.
        1932-1957. *Repris dans « Les Cahiers de la N.R.F. »*

    II. CÉLINE ET L'ACTUALITÉ LITTÉRAIRE, II.
        1957-1961. *Repris dans « Les Cahiers de la N.R.F. »*

    III. SEMMELWEIS ET AUTRES ÉCRITS MÉDICAUX.
        Repris dans « Les Cahiers de la N.R.F. »

    IV. LETTRES ET PREMIERS ÉCRITS D'AFRIQUE
        (1916-1917)

    V. LETTRES À DES AMIES

    VI. LETTRES À ALBERT PARAZ (1947-1957). *Repris
        dans « Les Cahiers de la N.R.F. »*

Impression Novoprint
à Barcelone, le 30 mars 2011
Dépôt légal : mars 2011
Premier dépôt légal dans la collection : janvier 1975

ISBN 978-2-07-036666-8./Imprimé en Espagne.

184772